WIGETTA

Y EL CUENTO JAMÁS CONTADO

VEGETTA777   WILLYREX

WIGETTA

Y EL CUENTO JAMÁS CONTADO

Obra editada en colaboración con Editorial Planeta – España

©2017, Willyrex
©2017, Vegetta777
2017, Redacción y versión final del texto: Víctor Manuel Martínez
y Joaquín Londáiz

© 2017, Editorial Planeta, S. A. – Barcelona, España

© 2017, Editorial Planeta Mexicana, S.A. de C.V.
Bajo el sello editorial TEMAS DE HOY M.R.
Avenida Presidente Masarik núm. 111, Piso 2
Colonia Polanco V Sección
Delegación Miguel Hidalgo
C.P. 11560, Ciudad de México
www.planetadelibros.com.mx

© Ismael Municio, por el diseño de personajes, cubierta,
sobrecubierta y desplegable, 2017
© Pablo Velarde, por los bocetos, la línea, el color y la creación
de personajes secundarios, 2017
Diseño de interiores: Rudesindo de la Fuente

Primera edición impresa en España: noviembre de 2017
ISBN: 978-84-9998-614-2

Primera edición impresa en México: noviembre de 2017
ISBN: 978-607-07-4560-7

Impreso en los talleres de EDAMSA Impresiones, S.A. de C.V.
Av. Hidalgo núm. 111, Col. Fracc. San Nicolás Tolentino, Ciudad de México
Impreso en México - *Printed in México*

ÍNDICE

UN TORBELLINO MÁGICO

La barca se mecía suavemente sobre las aguas del lago. Desde su posición, Willy y Vegetta podían contemplar a lo lejos la orilla donde habían acampado. Más allá, se alzaba un espeso bosque en el que vivían tranquilamente ardillas, pájaros y otros muchos animalitos. Distinguieron una pequeña casa entre los árboles. Tal vez viviese en ella algún ermitaño o un amante de la soledad. De hecho, lo que les había llevado hasta allí era la paz y la tranquilidad que se respiraban en aquel lugar, ya que habían decidido tomarse unos días de descanso para despejar su mente de tanta aventura frenética.

Acababan de llegar esa misma mañana. Lo primero que hicieron fue montar las tiendas de campaña con la ayuda de Vakypandy y Trotuman, cosa nada fácil.

—Estas tiendas vienen muy bien dobladas cuando las compras, pero lo de poner cada pieza en su sitio ya es otra historia —se quejó Willy, intentando averiguar qué varilla usar en primer lugar.

—Por lo menos trae instrucciones para el montaje —comentó Trotuman, sacudiendo un libro tan grueso como una enciclopedia.

—**¡Eso no son las instrucciones!**
—dijo Willy.

—**¡UPS!** **¡Fallo técnico!**

Trotuman lo guardó y sacó de su mochila las instrucciones, un libro aún más pesado que el anterior.

—Para cuando terminemos de leer eso, ¡se habrán acabado nuestras vacaciones! —protestó Vegetta, que se veía durmiendo a la intemperie.

Vakypandy sacudió la cabeza. Hizo que sus ojos brillasen como dos rubíes, y lonas y varillas revolotearon sobre sus cabezas. En un abrir y cerrar de ojos, las tiendas estaban montadas.

—**¡Te han sobrado cuatro varillas!**

—indicó Trotuman.

—¿Qué esperabas? Que haga magia no significa que las tiendas vayan a salir perfectas. ¡No me he leído las instrucciones!

—**¡CALMA!** **Tengo una idea** —anunció Trotuman. Cogió las varillas sobrantes y montó un tenderete—. Para cuando tengamos que secar los bañadores.

—Vakypandy, ¿crees que las tiendas aguantarán bien? —preguntó Vegetta, que no quería acabar apresado por su propia tienda en mitad de la noche.

—Por lo menos tendremos un techo bajo el que dormir, ¿no?

—Mirad el lado positivo —apuntó Trotuman—: Si se caen mientras dormimos, no nos harán daño. No son de ladrillo, ni de madera...

—**Muy gracioso.**

—Bueno, no discutáis —interrumpió Willy—. Ahora que ya tenemos un lugar donde dormir, ¿qué os parece si vamos de pesca?

A todos les pareció una gran idea.

Hinchar la barca de goma fue mucho más fácil que montar las tiendas, aunque los cuatro terminaron rojos como tomates después de tanto soplar. Al cabo de un rato, flotaban en el centro del lago, disfrutando de unas maravillosas vistas. Una hora después, Vakypandy estaba medio mareada por el vaivén de la barca. Y, a las dos horas, todos se preguntaban cómo la gente podía divertirse pescando.

—¡**Me aburro!** —protestó Trotuman.

—Si hablas, los peces se van a asustar —replicó Vegetta.

Trotuman agitó la caña, desesperado.

—Llevo dos horas en silencio y no ha picado un solo pez. ¿Estáis seguros de que aquí hay peces?

—¿Has puesto cebo?

—Pues claro que he...

La mascota de Willy se calló de inmediato al sacar el anzuelo del agua y ver que no había nada en él. Los demás comprobaron sus respectivas cañas. ¡Ninguna tenía el cebo puesto! Justo entonces, un enorme pez plateado saltó y miró con gesto de burla a los amigos.

—¿Habéis visto eso? ¡Ese pez se está riendo de nosotros! Se ha comido el cebo y... ¡**Me acaba de sacar la lengua!**

—Trotuman, los peces no tienen lengua... —puntualizó Willy, tratando de calmar a su mascota.

—¡**Sé muy bien lo que he visto!** Ese pez me ha declarado la guerra —afirmó abriendo la lata que tenía a sus pies y colocando una generosa ración de cebo en el anzuelo de su caña de pescar—. ¡**Se va a enterar!** Veamos quién se ríe ahora.

A Vakypandy aún seguía dándole vueltas la cabeza. Le traía sin cuidado si en ese lago había peces o no.

No encontraba una postura cómoda y, además, el viento soplaba cada vez más fuerte. Aunque agradecía su frescor, también agitaba más la barca y le daba más mareo.

—No sé si os habéis fijado, pero el tiempo está cambiando —comentó Vakypandy mirando el cielo—. Parece que vamos a tener tormenta.

—¡Ni siquiera un huracán podrá detener esta guerra!

—exclamó Trotuman, que había puesto todas las cañas a punto.

—Creo que no pasa nada por posponer ese duelo —dijo Vegetta—. Será mejor que regresemos a la orilla.

A pesar de las protestas de Trotuman, los amigos comenzaron a remar de vuelta. Mientras pataleaba, Trotuman vio cómo el pez se partía de risa con la aleta apoyada en una piedra lisa. Las nubes se agolpaban en un cielo que se iba oscureciendo a cada segundo que pasaba. Aunque aún era temprano, daba la impresión de estar anocheciendo. A pesar de los esfuerzos de los amigos, la barca avanzaba lentamente y la orilla aún se veía lejos. El viento soplaba con fuerza y las primeras gotas de lluvia les golpearon en el rostro. Entonces vieron dos telas de vivos colores sobrevolando el lago, como si de dos fantasmas se tratara.

—¿Son esas nuestras tiendas? —preguntó Willy.

—¡Me temo que sí! —respondió horrorizado Vegetta—. ¿No decíais que aguantarían sin problemas?

Vakypandy no contestó, bastante tenía con sujetarse a la barca para no salir despedida. Los demás siguieron remando con esfuerzo. Llegaron a la orilla empapados. Sin las tiendas de campaña, no tenían un lugar donde resguardarse.

—¿Qué os parece si vamos hasta esa casa que hemos visto desde el lago? —sugirió Willy—. Quizás pueda servirnos para pasar la noche.

Todos aceptaron la propuesta. Tras amarrar bien la barca, recogieron sus mochilas y se adentraron en un sendero del bosque. A pesar del viento y la lluvia, no tardaron demasiado en dar con ella. Era mucho más grande de lo que habían imaginado. De lejos, entre los árboles, aparentaba ser una pequeña cabaña, pero al llegar comprobaron que se trataba de una casa de piedra de dos plantas de altura. Las ventanas eran de madera, al igual que la puerta principal. Sin duda, aguantaría la tormenta. Más animado, Vegetta empezó a llamar golpeando con sus nudillos.

Nadie respondió.

Llamó de nuevo. Pasaron un par
de minutos y, al ver que nadie
contestaba, intentaron abrir la
puerta, que cedió sin esfuerzo.
No les sorprendió demasiado,
pues no había cerradura.
¿Quién iba a molestarse
en ir a robar hasta aquel
rincón del mundo?

Los cuatro entraron y cerraron tras de sí. Llegaba tan poca luz del exterior que allí dentro se encontraban prácticamente a oscuras. Un olor a chimenea impregnaba el ambiente, pero la casa estaba en silencio. Solo se oía el silbido del viento y el ruido de las ramas golpeando contra las ventanas.

—**¿Hola?** —saludó en voz alta Willy.

—**¿Hay alguien en casa?** —preguntó Vakypandy.

No hubo respuesta.

—Puede que el dueño esté de vacaciones —sugirió Trotuman—. Con este tiempo, seguro que se ha ido a la playa.

—O ha salido a dar una vuelta y le ha pillado la tormenta como a nosotros —aventuró Vegetta.

Los amigos sacaron las linternas de las mochilas. Poco después, cuatro haces de luz iluminaban la estancia. El recibidor no era demasiado espacioso, pero estaba bien aprovechado. Había un perchero en una de las esquinas y un mueble de madera sobre el que descansaba un candelabro. Destacaba un retrato que había en una de las paredes. Se trataba de un hombre mayor, con una barba tan larga que no se le veía el final. Al igual que su pelo, era blanca como la nieve.

Sus ropajes eran un tanto... estrafalarios. Llevaba una túnica amarilla con estrellas y un sombrero en forma de cono alargado de color azul marino.

—**¿Será el propietario de la casa?** —preguntó Vakypandy.

—Yo creo que más bien será su tatarabuelo —contestó Trotuman.

—O el abuelo del tatarabuelo —añadió finalmente Vakypandy.

Unas escaleras de madera llevaban a la planta de arriba, pero prefirieron acceder a la salita que había junto al recibidor. Era acogedora. Una butaca mecedora en un lugar destacado de la habitación, junto a la chimenea, daba a entender que únicamente vivía una persona en aquella casa. Había una pequeña biblioteca a uno de los lados, con extraños libros de magia y artes de las que nunca habían oído hablar. Las paredes estaban decoradas con pequeñas pinturas que a Willy y Vegetta les recordaron su infancia. Eran escenas de cuentos como PETER PAN, PINOCHO, ALÍ BABÁ Y LOS CUARENTA LADRONES y otros muchos.

Trotuman dio un brinco y se sentó sobre la mecedora.

—Apuesto a que en esta casa solo hay una cama y no pienso pelearme por ella —dijo meciéndose suavemente—. Me conformo con esto.

—Yo me conformo con no tener que pasar la noche al aire libre —contestó Vegetta.

Los amigos decidieron quedarse en aquella habitación. No era su intención asaltar la despensa de la casa ni dormir en la cama de quien viviera allí. Ellos tenían sacos y comida de sobra. Encendieron la chimenea para entrar en calor. Al fin y al cabo, habían ido de acampada y siempre se agradecía un buen fuego.

Comieron unos bocadillos y unas chocolatinas que llevaban en sus mochilas, y bebieron agua de sus cantimploras.

—**¿Qué os parece si contamos una historia de miedo?** —propuso Trotuman.

—**¿Por qué tiene que ser de miedo?** —preguntó Vakypandy—. **¿Por qué no puede ser algo divertido?**

—Las historias de miedo son divertidas. Además, es lo que se hace cuando uno va de acampada...

—Tú lo que quieres es que luego no peguemos ojo.

Willy y Vegetta observaron divertidos a sus mascotas. A pesar de todo lo que discutían, no podían vivir el uno sin el otro. Como era de esperar, Trotuman se salió con la suya y se puso a contar una historia terrorífica a la luz del fuego de la chimenea.

—**ERA UNA NOCHE OSCURA** —empezó con voz temblorosa—. Llovía con fuerza en el bosque y los amigos no tenían un lugar donde dormir. Estaban solos, lejos de cualquier ciudad. Decidieron seguir un sendero con la esperanza de encontrar una cueva o algún tipo de refugio donde poder pasar la noche. Solo tenían una linterna que, de pronto, se apagó.

Entonces...

Trotuman se calló y frunció el ceño. Miró a un lado y a otro, extrañado.

—Venga, no nos dejes con la intriga. ¿Qué sucedió a continuación? —protestaron los demás.

—**¡SHHH!** **¿No habéis oído ese ruido?** —preguntó nervioso.

—Si quieres meternos miedo, no lo vas a conseguir —aseguró Vakypandy.

—He oído algo. Me ha parecido que venía de la planta de arriba.

—Habrá sido alguna rama —dijo Vegetta—. O algún ratoncillo. Al fin y al cabo, estamos en el campo.

—Eso no ha sido ningún ratón —insistió Trotuman—. ¿Y si hay alguien arriba? No hemos subido a comprobarlo...

—Si te quedas más tranquilo, subiremos —sentenció Willy—. **¡Pero después quiero escuchar el final de tu historia!**

Empuñando sus linternas, los cuatro accedieron al vestíbulo y subieron por las escaleras. Se fijaron en que había más grabados con imágenes de diversos cuentos, semejantes a los que ya habían visto en la pared de la salita. PULGARCITO, LA CENICIENTA, EL LIBRO DE LA SELVA... Sin duda, el propietario de la casa era un amante de los relatos clásicos.

La planta superior presentaba un aspecto similar a la inferior. Había un pequeño distribuidor al que daban tres puertas. Willy descubrió que el dormitorio estaba vacío. Tal y como había intuido Trotuman, tan solo había una cama. Vegetta abrió la puerta del cuarto de baño, en el que tampoco había nadie.

Trotuman y Vakypandy se dirigieron a la tercera puerta. Tenía un aspecto diferente a las otras dos. Era de madera, con ricas tallas y un picaporte dorado a media altura. Curiosamente, estaba un poco entornada. Si hubiese alguna ventana abierta, tal vez podía haber generado algo de corriente. Pero lo cierto es que todas las ventanas que habían visto en la casa estaban bien cerradas. En cualquier caso, lo que puso el corazón de las mascotas a mil fue comprobar que un fino hilo de luz se escapaba por la rendija lateral. ¿Había alguien allí?

La mascota de Willy empujó suavemente la puerta y asomó la cabeza. Trotuman no pudo contener un grito de asombro.

—**¿Qué clase de lugar es este?** —preguntó Vakypandy a sus espaldas.

—No lo sé, pero es increíble. Parece... mágico.

Ante ellos se abría una habitación bastante amplia y sin ventanas. Las paredes estaban forradas con estanterías, como si de una biblioteca se tratara. Lo más curioso de todo era que no había un solo libro en ellas. Sobre las baldas descansaban cientos de esferas de cristal de distintos colores. El centro de la estancia lo ocupaba una mesa de escritorio. Sobre esta, un libro abierto y un candelabro encendido. Las dos mascotas comprendieron de inmediato lo que aquello significaba: el dueño de la casa no debía de andar lejos.

El reflejo de aquellas bolas de cristal atrajo su atención. Willy y Vegetta no tardaron en unirse a ellos. Mientras que Trotuman y Vakypandy se acercaron a las estanterías, los dos amigos sintieron curiosidad por el libro que había sobre la mesa.

—**¡Qué casualidad!** —exclamó Vegetta con cierto tono irónico—. **¡Es la historia de PETER PAN!**

—Mira, hay una anotación en el margen —señaló Willy—.
Dice:

«Debo resolver el conflicto con el CAPITÁN GARFIO».

—¿Qué querrá decir? ¿Acaso es algún tipo de clave?

—Debe de serlo, porque dudo mucho que quien lo haya escrito sepa cómo ir al País de los Niños Perdidos.

Vegetta rio.

—Es el PAÍS DE NUNCA JAMÁS —le corrigió—. Aunque tampoco andabas desencaminado, porque allí viven los Niños Perdidos...

—Te veo muy puesto...

—Peter Pan era uno de mis cuentos favoritos cuando era pequeño.

Entonces se percataron del alboroto que había a sus espaldas. Casi se les para el corazón al ver que Vakypandy y Trotuman estaban jugando a tirarse las bolas de cristal. Cada uno tenía una y se las lanzaban, cruzándolas en el aire. Hasta entonces, todos habían pensado que el cristal de las bolas era de diferentes colores. Sin embargo, al verlas volar, se dieron cuenta de que el color provenía de una sustancia parecida al humo, con diferentes tonalidades, atrapada en su interior.

Fue Willy quien reaccionó primero.

—¿SE PUEDE SABER QUÉ ESTÁIS HACIENDO?

Justo en ese instante, las dos mascotas lanzaban las bolas. El grito de Willy hizo que perdieran la concentración en su juego y el sobresalto alteró la dirección del lanzamiento. Como si de una escena a cámara lenta se tratara, todos contemplaron la trayectoria de las dos esferas, que terminaron chocando entre sí.

Se produjo un estallido tan potente que hizo que los amigos saliesen despedidos con fuerza contra las estanterías, y todas las bolas comenzaron a caer de las baldas y se rompieron en mil añicos al golpear contra el suelo. El fluido gaseoso que había en su interior quedó flotando en el aire y, en pocos segundos, gases de todos los colores se mezclaron entre sí. Fue entonces cuando se produjo la magia.

Poco a poco, las volutas se elevaron, girando en una espiral multicolor que fue ganando velocidad y se transformó en un torbellino maravilloso de mil colores. Los amigos sintieron cómo su fuerza trataba de atraerlos a su interior. Se agarraron firmemente a las estanterías, pero su resistencia fue inútil. Uno a uno fueron absorbidos por la espiral mágica y, sin más, los cuatro desaparecieron.

DUELO DE LOBOS

Willy y Vegetta giraban a gran velocidad. No sabían dónde estaban. Apenas podían abrir un poco los ojos y todo cuanto veían eran nubes de colores. Llegó un momento en el que sintieron que el estómago se les encogía y entonces todo se detuvo.

Pasados unos instantes, Vegetta se incorporó. La cabeza le daba vueltas. Tenía la sensación de haber estado montado en un tiovivo durante horas. Respiró hondo unas cuantas veces hasta sentirse mejor. Distinguió varios árboles a su alrededor, aunque lo que más le llamó la atención fue que el cielo estaba despejado y lucía el sol. ¿Cómo había podido pasar tan rápido la tormenta? Y, ahora que lo pensaba, ¿no era de noche hacía un instante?

Willy, Trotuman y Vakypandy despertaron poco después y no tardaron en hacerse las mismas preguntas.

—**¿Dónde estamos?** —preguntó Vakypandy.

—¡HEMOS HECHO DESAPARECER LA CASA!

—exclamó Trotuman.

Willy sacudió la cabeza.

—No lo creo. Si os fijáis bien, estos no son los mismos
árboles que había junto al lago.

—**¡Es verdad!** —confirmó Vegetta—. Allí había pinos, helechos...

—Aquí solo hay árboles frutales —aseguró Willy—. Por no decir que el lago también ha desaparecido.

—Todo lo que decís es muy interesante, pero no responde a mi pregunta. ¿Dónde estamos? —insistió Vakypandy.

—¡Qué más da! —respondió Trotuman. Mientras los demás hablaban, había trepado a un manzano y ya estaba comiendo a dos carrillos—. ¡Deliciosa! ¡Es la mejor manzana que he probado en mi vida! ¡Deberíais aprovechar para desayunar algo!

—**¡Pero si acabamos de cenar!** —protestó Vegetta.

—Pues a mí este viaje, o lo que sea que hemos hecho, me ha abierto el apetito.

Willy y Vegetta contemplaron las manzanas. Eran tan rojas y brillantes que parecían sacadas de un cuento. Estaban a punto de coger una cada uno, cuando un chillido llamó su atención. Alguien pedía ayuda.

—¡SOCORRO! ¡SOCORRO!

—gritaba una niña—.

¡Me quiere comer!

Los amigos corrieron en la dirección de los gritos.
Habían dejado atrás manzanos, perales y hasta un
melocotonero cuando, de pronto, la vieron. Era una niña
menuda, de cabellos morenos y grandes ojos azules.
Llevaba un vestidito blanco y, sobre este, una capa con
una caperuza de un vivo color rojo. Se le había caído
al suelo un pequeño cesto con comida. A pocos metros
de ella había un enorme lobo. Tenía la boca abierta,
enseñaba sus afilados colmillos y parecía dispuesto a
comerse a la pobre e indefensa niña.

—**¡Tenemos que hacer algo!**
—exclamó Vakypandy.

—Si tuviese mi mochila a mano, le daría un bocadillo al lobo —dijo Trotuman—. Pero nuestras mochilas se quedaron en la casa del lago.

—¿Quiere comerse a una niña y crees que un bocadillo sería suficiente para él?

—Era un bocadillo muuuy grande.

Los amigos se acercaron con cuidado. Tan solo unos pocos metros los separaban de la fiera criatura. Para su sorpresa, oyeron cómo el lobo habló.

—Aunque te hayas puesto un disfraz, sé que eres uno de LOS TRES CERDITOS —gruñó el animal—.

¡Esta vez no tendré que soplar ninguna casa para comerte!

—**¡SOCORRO!** —gritó de nuevo la niña—. Yo solo quería ir a ver a mi abuelita...

Willy miró a Vegetta con extrañeza.

—Ese lobo necesita unas gafas... ¿Cómo puede pensar que esa niña es un cerdito?

Pero Vegetta no le atendía. Ni siquiera contemplaba lo que estaba ocurriendo entre la niña y el lobo. Tenía la mirada clavada a su izquierda, en otra zona del bosque por la que acababa de aparecer un segundo lobo.
El tono de su pelaje era más rojizo que el del primero, pero su aspecto era igual de fiero.

—**¡DOS LOBOS!** —susurró Willy, ahogando una exclamación cuando lo vio.

Vegetta asintió.

—Me parece una locura, pero tengo una pequeña intuición sobre lo que podría estar pasando.

—Pues será mejor que me lo expliques antes de que aquel lobo dé con nosotros.

—Nosotros daremos antes con él.

Sin dar más explicaciones, Vegetta se acercó a Vakypandy y Trotuman y les dio unas indicaciones. Acto seguido, pidió a Willy que le acompañara.

Recorrieron unos cuantos metros, hasta situarse frente al segundo lobo. El rostro del animal se iluminó al verlos. Aquel día estaba de suerte, pues no necesitaba ir en busca de comida... ¡La comida venía a él!

—Ejem... —carraspeó Vegetta. Tragó saliva y dijo—: **Qué ojos más grandes tienes...**

El lobo se quedó mirándolo. Por un momento, Vegetta pensó que se había equivocado y debían salir corriendo. Willy se había quedado de piedra al oír a su amigo. ¿Se había vuelto loco? Pero entonces el lobo contestó:

—Son para verte mejor...

—¡Vaya! Parece que en este lugar todos los lobos tienen que ir al oculista —comentó Willy al oír la respuesta.

Vegetta suspiró aliviado.

—No es por nada, amigo, pero tienes un problema —añadió Vegetta. El lobo lo miró atentamente—. Ahí tienes un rival que quiere quitarte la comida.

—¿Qué quieres decir?

—Estás buscando a CAPERUCITA ROJA, ¿verdad?

La fiera asintió.

—Pues hay otro lobo que quiere comérsela antes que tú —explicó Vegetta.

—¡Imposible! ¡NO LO TOLERARÉ!

—Pues ya puedes correr, porque está a punto de hincarle el diente.

—Sí, la ha confundido con un cerdito y...

Willy se calló. También él había comprendido lo que estaba pasando allí, pero ¿cómo era posible? El lobo echó a correr y los dos amigos le siguieron a la carrera. Vakypandy y Trotuman estaban atentos y, tan pronto apareció el segundo lobo en escena, se apresuraron a sacar a Caperucita Roja de allí.

Los dos lobos comenzaron a discutir airadamente.

—¡Yo la vi primero!

—¡Este no es tu territorio!

—¡Tampoco el tuyo!
El bosque no es de nadie.

—Qué sabrás tú...
¡Piojoso!

Indignado, el primer lobo empezó a coger aire, hinchándose como un globo. Entonces sopló, sopló y sopló, desatando un viento huracanado. Willy, Vegetta y los demás salieron volando de allí.

Afortunadamente para ellos, los lobos no se enteraron de su desaparición y siguieron peleándose. Cuando se dieran cuenta de que sus presas se habían esfumado, se llevarían un buen chasco. Pero, como dijo Trotuman más adelante, si tenían hambre, que comiesen fruta.

Los amigos y Caperucita Roja se levantaron y se sacudieron el polvo de la ropa.

—Muchas gracias. Me habéis salvado la vida.

—No hay de qué —contestó Vegetta—. Eres Caperucita Roja, ¿verdad?

—Sí. ¿Y vosotros quiénes sois? Nunca os había visto por aquí...

Vegetta hizo las presentaciones y le explicó que venían de un lugar lejano. Ella les contó que iba a visitar a su abuela y, si querían, podían acompañarla por el camino. Los amigos accedieron amablemente.

—Están siendo unos días de lo más extraños... Ayer me encontré un gato que hablaba. Pero lo más sorprendente de todo era su manera de caminar. ¡Ni siquiera un gigante podría dar esas zancadas!

—Vaya, sería el GATO CON BOTAS —apuntó Vegetta.

—¿Lo conocéis?

—No... Sí... Bueno, no exactamente —aclaró Vegetta—. Digamos que hemos oído hablar de él.

—Además, está ese lobo que ha aparecido hoy. ¡Me ha confundido con un cerdito! —exclamó indignada Caperucita Roja—. Nunca me habían insultado de esa manera...

—Me temo que te confundía con los tres cerditos —explicó Vegetta, apresurándose a completar—: Pero que quede claro que no te pareces en nada a ellos.

—**¿Los tres cerditos?** Nunca había oído hablar de ellos. **¿Son un grupo de música?**

Vakypandy y Trotuman estallaron en carcajadas. No eran grandes expertos en cuentos clásicos, pero hasta ellos habían oído hablar de los tres cerditos. Willy los regañó y les pidió que se comportasen.

—Por casualidad no habrás oído hablar de Peter Pan o el Capitán Garfio, ¿verdad? —preguntó entonces Vegetta.

Caperucita Roja sacudió la cabeza.

—Me lo imaginaba... Y supongo que tampoco sabrás por dónde queda la costa, ¿no?

—¿Te refieres al mar? —preguntó la niña, negando con la cabeza—. Nunca he salido de este bosque.

Llegaron a la casa de la abuelita de Caperucita Roja y allí se despidieron. La niña les agradeció una vez más su ayuda por haberla rescatado de las garras de ese lobo feroz y les deseó mucha suerte en la búsqueda del Capitán Pan.

—¡Seguro que gracias a él podéis haceros unos bocadillos exquisitos! —añadió, y se alejó dando saltitos.

—Bien, ahora que estamos solos, ¿vas a explicarnos lo que está pasando? —preguntó Willy a su amigo—. Porque es obvio que sabes algo más que yo.

Vegetta suspiró.

—Simplemente es una sospecha —aclaró—. ¿Recordáis que en la casa del lago había muchas pinturas de cuentos diferentes? —Willy y las mascotas asintieron—. Pues tengo la extraña sensación de que, al romperse esas esferas de colores, algún tipo de magia hizo que viniésemos a parar al cuento de Caperucita Roja.

—Ella misma ha confesado que estaban siendo unos días un poco raros, ¿no? —recordó Vakypandy.

—Así es —reconoció Vegetta, en tono pensativo—. Tuvo un encuentro con el gato con botas y, sin ir más lejos, hoy se ha topado con el lobo de los tres cerditos...

—¿Y qué pintan esos personajes en el cuento de Caperucita Roja? —preguntó Trotuman.

—No tengo ni la menor idea.

—¿Por qué le has preguntado por Peter Pan y no por otro personaje? ¿Es otra intuición tuya? —preguntó Vakypandy.

Vegetta asintió.

—Desconozco el motivo, pero quienquiera que viviese en la casa del lago estaba interesado en el cuento de Peter Pan —explicó—. El libro que encontramos en la sala de las esferas era su historia. Y en el margen una anotación decía: «Debo resolver el conflicto con el Capitán Garfio».

—Si no llega a ser porque acabo de ver con mis propios ojos a Caperucita Roja, diría que te has vuelto completamente loco —dijo Willy.

Apenas había terminado de hablar, cuando un conejo blanco apareció entre unos arbustos. Llevaba una chaqueta a cuadros y un pantalón rojo. Completaba su vestimenta con unas gafas de montura dorada. Miró angustiado su reloj de bolsillo y gritó desesperado:

—¡Ay Dios!
¡Ay Dios!
¿Qué lugar es este?
¡Voy a llegar más tarde que nunca!

—¡Hola! —saludó Vakypandy—. Estás junto a la casa de la abuelita de Caperucita Roja.

—No conozco a ninguna Caperucita Roja. A propósito, ¿tú quién eres? —antes de que Vakypandy tuviese tiempo de contestar, el conejo la interrumpió—. **¡No me lo digas! ¡No me lo digas! Perdería demasiado tiempo y...**

—¿Por casualidad sabes dónde está el mar? —le interrumpió Vegetta.

—Queda al norte. Esta mañana estuve tomando el té allí. Lo siento, debo marcharme o llegaré tarde. **¡Otra vez!**

Y tan pronto como había aparecido, desapareció.

—Qué gente más rara hay por aquí —comentó entonces Trotuman.

—Es el conejo blanco de ALICIA EN EL PAÍS DE LAS MARAVILLAS —contestó Vegetta divertido.

—Te estás quedando con nosotros —dijo Trotuman—. Eso te lo acabas de inventar.

—¡En absoluto! De hecho, aparece en el primer capítulo del cuento, prácticamente tal y como lo habéis visto. Bueno, sus palabras no eran exactamente esas, sino...

—¡Venga! ¿Acaso te dedicas a leer cuentos mientras los demás dormimos? —le interrumpió Vakypandy.

—Eso seguro que no —aseguró Willy—. Por las noches no para de roncar.

Vegetta se cruzó de brazos.

—Vosotros reíd, pero como hayamos venido a parar a un lugar donde los cuentos se hacen realidad, podemos llevarnos más de una sorpresa desagradable. En los cuentos no todo es de color de rosa. También hay personajes malos. Y cuando digo malos, me refiero a malos de verdad —las mascotas lo miraron, esperando a que pusiese algún ejemplo, pero Vegetta las ignoró—. Será mejor que no perdamos el tiempo y vayamos hacia la costa. No me gustaría pasar la noche en este bosque sabiendo que andan por ahí sueltos un par de lobos.

En eso estuvieron todos de acuerdo. Observaron la posición del sol en el cielo, dedujeron en qué dirección se hallaba el norte y se pusieron en marcha de inmediato. Caminaron durante algo más de dos horas atravesando bosques, praderas y hasta los inicios de un desierto. Fue un viaje sin sobresaltos, en el que hicieron un pequeño descanso para disfrutar de unas piezas de fruta que habían recolectado junto a la casa de la abuelita de Caperucita Roja. Aquello fue un acierto, porque no encontraron más comida, salvo unas miguitas de pan que Trotuman fue comiendo a medida que iban apareciendo por el camino.

—**¡Mirad, gaviotas!** —exclamó Vakypandy, señalando varias que volaban en círculos no muy lejos de allí.

—**¡BRAVO!**

El olor a mar y el salitre no tardaron en notarse en el ambiente. El camino de tierra se convirtió en uno empedrado y los árboles dieron paso a pequeñas construcciones de madera, típicas de un pequeño pueblo costero. Willy y Vegetta se sorprendieron de no ver a nadie. Hasta el bar, que normalmente —suponían— estaría atestado de marineros y piratas, se encontraba completamente vacío. Entonces, entre el ruido de la marea y los graznidos de las gaviotas, los amigos distinguieron un extraño sonido.

—¿Oís eso? —preguntó Willy.

—Parecen gemidos. O lamentos —comentó Vegetta—. Yo diría que vienen de aquella zona. Podría ser el puerto.

Tal y como había apuntado Vegetta, el puerto estaba en aquella dirección. Había un enorme barco pirata amarrado y un puñado de barcas de pescadores. Pero lo que llamó su atención fue el grupo de piratas que, junto a unas vallas de madera, gritaban y lloraban desconsolados.

Willy y Vegetta se acercaron hasta allí.

—Disculpad, ¿podemos ayudaros en algo? —se ofreció Willy.

—¡Ahhhh! **¿Qué va a ser de nosotros?**
—se lamentó uno que llevaba una pata de madera—. **¡Es el fin del mundo!**

—Pero ¿se puede saber qué os pasa? —insistió Vegetta.

—Es nuestro capitán. El Capitán Garfio se ha marchado. Después de todo lo que hemos vivido junto a él, **¡NOS HA ABANDONADO!**

UN ESPEJO BOCAZAS

James Garfio se miró al espejo. Vio a un hombre alto de mediana edad, de rostro afilado, con perilla y un bigote retorcido en espiral. Acarició con su mano izquierda la casaca en tonos rojos y dorados que vestía y se sintió orgulloso al ver la imagen reflejada. Un sombrero de ala ancha lucía elegante sobre su melena larga y oscura. Su mirada se dirigió finalmente a su brazo derecho, que terminaba en un impresionante garfio dorado.

—Espejo mágico, ¿quién es el más malvado en todo EL REINO DE LOS CUENTOS?

Era un espejo de cuerpo entero, de forma ovalada. Su marco estaba tallado con motivos florales. Al formular la pregunta, el cristal brilló, y un rostro apareció y comenzó a hablar.

—Del oeste llegan rumores de un espíritu muy malvado. Más malvado que...

Garfio sacó un espejo de mano de su bolsillo y lo lanzó contra el suelo.

—**Vale, vale, lo pillo.** Tú eres el más malvado entre los malvados, mi señor.

Hacía menos de veinticuatro horas que había conseguido ese espejo y ya le había hecho esa pregunta más de un centenar de veces. Tenía la sensación de que el espejo estaba un poco harto de responder a lo mismo una y otra vez, pero eso a él le traía sin cuidado. ¡No se cansaría nunca de interrogarlo!

Había pasado mucho tiempo instalado en el fracaso. Demasiado. Recordaba las humillaciones sufridas a manos de Peter Pan y sus amigos. El garfio que lucía en su mano derecha era la mayor prueba de ello. Pero ese tiempo había quedado atrás. A partir de ahora, el capitán James Garfio sería temido en todo el mundo.

—¡No te salgas con la tuya! —exclamó una voz a sus espaldas.

El eco de ese grito rebotó en las paredes de roca. Las carcajadas de Garfio sonaron aún más. Con un movimiento ágil, el capitán se dio la vuelta. Observó con detenimiento aquella cueva y asintió. Era el escondite perfecto. Mirase en la dirección que mirase, había acumuladas montañas de oro, joyas y magníficas obras de arte. Pero, a pesar de todos los tesoros que allí había, lo mejor de aquella cueva era su localización. Nadie sería capaz de encontrarla ni en mil años de vida.

—No sabes lo equivocado que estás —contestó Garfio, esbozando una amplia sonrisa—. Un nuevo mundo se abre a mis pies, y ni Peter Pan ni nadie va a detenerme.

Unos cuantos metros a su derecha, había alguien encadenado a la pared de roca. Estaba en un lugar aislado, alejado de los tesoros. A pesar de que era una persona mayor, Garfio sabía lo peligroso que podría llegar a ser si estuviese suelto. Ese anciano delgado, con pelo canoso desaliñado y aparentemente al borde de la locura, era el gran mago Merlín. Él era quien había hablado.

—No puedes hacer lo que te venga en gana en el Reino de los Cuentos —dijo Merlín—. Existen unas normas.

—¿Y quién pone esas normas? ¿Tú? —preguntó Garfio, enseñando los dientes al sonreír.

—Hace tiempo que sospechaba que en este mundo pasaba algo raro —prosiguió. Al principio pensé que las derrotas frente a Peter Pan eran cosa de la mala suerte. Incluso llegué a admitir que él era mejor que yo y que, por eso, siempre salía victorioso en nuestros duelos. Sin embargo, todo cambió el día que envié a aquella expedición a esos dos piratas... Si llego a haber ido yo, se habría notado demasiado mi ausencia. Pero ¿quién iba a echar de menos a esos dos inútiles? ¡No sabían ni empuñar una espada! Así pues, les di una barca y les dije que remasen en línea recta, hacia el horizonte. Los muy tontos pensaban que se toparían con una isla llena de oro. Pero ¿sabes qué encontraron?

—Tendría que haberme dado cuenta a tiempo —gruñó Merlín.

—Oh, te agradecería que no interrumpieses mi historia... Insisto, ¿sabes qué encontraron? —Merlín no abrió la boca en aquella ocasión y fue Garfio quien contestó a su propia pregunta—: Que una barrera mágica les impedía el paso. **¡Una barrera mágica!** Y entonces apareciste tú.

—Llegué demasiado tarde.

—¡No! ¡Llegaste en el momento oportuno!

No sé qué fue lo que sucedió, pero algo hizo que esas barreras mágicas cayesen. Y también provocó tu desmayo.

Merlín suspiró, abatido.

—Como pille al que lo hizo... Debería convertirlo en sapo. O en mosquito. O en...

El mago recordaba muy bien aquel momento. Cuando supo lo que pretendía hacer Garfio y lo que estaba a punto de averiguar, acudió urgentemente al País de Nunca Jamás para detenerle. Lo habría conseguido, de no haber sido porque alguien interfirió. Quienquiera que fuese había provocado que la magia empleada para mantener los territorios del Reino de los Cuentos separados entre sí se volviese contra él. Fue entonces cuando perdió el conocimiento y cayó prisionero de Garfio. Despertó ya encadenado a aquella pared.

Un temblor sacudió la cueva. Cánticos y gritos de júbilo de varias personas llegaron a sus oídos.

—¡Capitán! ¡Capitán! ¡Mire lo que hemos conseguido!

Al instante aparecieron cuatro hombres de piel tostada por el sol. Uno llevaba un gracioso sombrerito y otros, turbantes. Algunos lucían aros en las orejas, dos gastaban perilla y otros dos, pobladas barbas. Todos tenían en común su aspecto fiero y venían cargados con distintos tesoros. El que caminaba en primer lugar llevaba en sus manos un par de botas negras de caña media. Por su tamaño debían de haber pertenecido a un niño o a un hombre muy pequeño.

—¿Qué clase de broma es esta? —preguntó Garfio—. ¡No os he enviado por ahí para que me traigáis un par de botas usadas! ¡Menuda porquería! Además, seguro que apestan... ¡Quitad eso de mi vista!

—No es lo que parece, capitán —dijo otro de los ladrones—. Estas botas hacen maravillas. Se las quitamos a un gato.

—**¿A un gato?** —repitió Garfio, abriendo los ojos como platos—. **¡Bombas y bombones!** ¿Pero qué clase de estupidez es esa? ¿Acaso el sol os ha achicharrado el cerebro?

—**¡Es la verdad!**
    —exclamó un tercero—.
        ¡Son unas botas mágicas!
                ¡Podemos demostrarlo!

Los demás ladrones asintieron. Inmediatamente, el que traía las botas se sentó sobre una roca, dispuesto a probárselas. Era el más alto de todos con diferencia, pero, aun así, no le importó. Se quitó las babuchas que llevaba puestas y entonces sí que surgieron las protestas de sus compañeros.

—**¡Qué peste!**
        —**¡Peor que el roquefort!**

El hombre puso todo su empeño, pero, por más que
lo intentó, apenas fue capaz de introducir el dedo gordo
del pie derecho. Las botas eran demasiado pequeñas
para él.

—**¡Déjame a mí!** —interrumpió uno de sus compañeros, arrebatándoselas de las manos.

Estaba a punto de quitarse los zapatos, cuando Garfio gritó desde el otro lado de la cueva.

—**¡Basta ya!** ¿Acaso los otros treinta y seis ladrones tienen tan pocas luces como vosotros?

¡Vais a conseguir que me arrepienta de haber abandonado a los piratas!

Porque eso era lo que había hecho. Cuando Merlín se cruzó en su camino y se desmayó, decidió secuestrarlo. Poco después, aparecieron por allí cuarenta ladrones. Parecían temibles y audaces, al menos la mayoría de ellos. Y como con los piratas no había hecho otra cosa que fracasar frente a Peter Pan, decidió dar un giro a su vida. A los ladrones les gustó su ambición y su discurso y, como no tenían un líder, lo aceptaron como tal. Desde que estaba con ellos, había sembrado el pánico en aquellas zonas del Reino de los Cuentos por las que pasaban.

—Pero, capitán, estas botas le permiten a uno ir a cualquier lugar. Incluso conceden el don de la sabiduría.

—¡TONTERÍAS!

Los ladrones murmuraron. ¿Cómo podían demostrarle al Capitán Garfio que lo que decían era verdad? ¡Lo habían visto con sus propios ojos! Pero lo cierto era que todos tenían unos pies demasiado grandes para usar aquellas botas. Para su sorpresa, fue otra voz la que habló.

—LO QUE DICEN LOS LADRONES ES CIERTO.

Garfio se dio la vuelta y contempló el rostro del espejo. Al parecer había presenciado toda la conversación.

—Cuéntame qué sabes —le ordenó, cruzándose de brazos.

—El gato con botas es tan real como Peter Pan, los cuarenta ladrones o Blancanieves —informó el espejo—. Tal y como ellos afirman, estas son sus botas y...

—¿Y qué tienen de especial? —interrumpió Garfio.

—El Reino de los Cuentos está compuesto por infinidad de relatos e historias —explicó el espejo—. En todos ellos, la magia cobra mayor o menor importancia, pero siempre está presente. Y, por lo general, actúa a través de un objeto específico.

—CÁLLATE, CÁLLATE

—murmuró Merlín desde su rincón.

El mago sacudía la cabeza, desesperado, pero el espejo no pareció hacerle ningún caso y siguió hablando.

—De hecho, hay una serie de objetos que son únicos y tan especiales que, si alguien los tuviese todos en su poder, con el hechizo adecuado, podría obtener el control del Reino de los Cuentos.

—¡PERO SERÁS BOCAZAS!
—exclamó Merlín.

—Al contrario —dijo Garfio—, está siendo de lo más amable. Por favor, cuéntame más sobre ese tema. ¿De qué objetos estamos hablando?

—El primero de ellos, sin ir más lejos, sería yo —contestó—. El espejo del cuento de BLANCANIEVES.

—Qué interesante...

—Otro objeto es ese par de botas que acaban de traer los ladrones a la cueva —informó el espejo.

—Magnífico...

—El listado abarca más de una veintena de objetos en todo el Reino de los Cuentos.

—¿Y tú podrías facilitarme ese listado? —preguntó Garfio.

—Por supuesto, mi señor —contestó el espejo—. Tendría que hacerse con el zapato de cristal de la Cenicienta, el aldabón de caramelo de la puerta de la casa de la bruja de Hansel y Gretel...

El espejo fue enumerando, uno a uno, los objetos mágicos que debía localizar el Capitán Garfio. Merlín se llevó las manos a la cabeza. No podía creer que estuviese pasando aquello. ¿Cómo era posible?

EL GENIO ESCARLATA

La zona del puerto era un clamor de gritos y llantos.
Willy y Vegetta no podían dar crédito a lo que veían.
Los piratas tenían fama de ser hombres fuertes, fieros
y temibles, pero aquel grupo estaba completamente
abatido. Ni con toda una fábrica de pañuelos habrían
conseguido enjugar tanta lágrima.

—Vamos a ver si lo entiendo —dijo Vegetta, tratando de
hacerse escuchar—. ¿El Capitán Garfio se ha marchado?

—¡**Sí!** —respondió un pirata muy bajito y se echó a llorar
sobre el hombro de Trotuman.

—¡**Eh! ¡Sin tocar!** Que a mí las lágrimas de pirata me
dan alergia.

Vakypandy lo miró y estuvo a punto de estallar de risa.

—Bien... ¿Y por qué no escogéis un nuevo capitán y os
echáis a la mar? —preguntó Willy como si aquello fuese
lo más sensato del mundo.

Todos los piratas negaron con la cabeza.

—**Imposible.** No podemos hacer eso.

—¿Cómo que no? Si queréis, podríamos ayudaros. Es bien sencillo —aseguró Vakypandy.

—Ninguno de nosotros quiere ser capitán —confesó el pirata que lloraba sobre Trotuman.

—Pero **¿por qué?**

—Porque eso significaría que tendríamos que enfrentarnos a Peter Pan.

Vegetta asintió.

—**¡Eso es todo un honor!**

—¿**Un honor? ¡Es un dolor!** ¡Eso es lo que es!
Peter Pan da unas buenas palizas y el gran experto en
recibirlas era el Capitán Garfio. Lo sentimos mucho, pero
es insustituible.

Willy y Vegetta se miraron asombrados. ¿Qué podían
hacer con aquellos piratas?

—Bueno, tal vez regrese —dijo Willy, esperanzado—.
¿Hace mucho que se marchó?

—**¡No volverá nunca!** —aseguró otro pirata.

—Desde luego, estos son el colmo del pesimismo
—murmuró Trotuman.

—**¡Te he oído!** —exclamó el pirata—. No soy pesimista.
Soy realista. El Capitán Garfio secuestró a ese anciano
y se marchó con un montón de ladrones. Seguro que
pedirán un rescate altísimo. Conseguirá un buen botín,
se comprará una isla... y se olvidará de nosotros para
siempre.

La historia acababa de dar un extraño giro. ¿Qué era
eso de un secuestro? ¿Quiénes eran esos ladrones
de los que hablaban? Willy y Vegetta trataron de calmar
a los piratas y les pidieron explicaciones de lo sucedido.
Algo más tranquilos, los marineros fueron contando
a los amigos lo que había ocurrido aquel día.

—¿Cómo era ese anciano del que habéis hablado? —se interesó Vegetta.

Un pirata que llevaba un loro rojo en el hombro contestó:

—Era viejo. Tenía arrugas en la cara y el pelo blanco.

—¿Podrías ser un poquitín más preciso? —sugirió Trotuman—. Creo que con tu descripción encajarían casi todos los ancianos del mundo.

—**¡Era viejoooo!** —repitió el loro—.

¡MUY VIEJOOOO!

—Veo que al loro también le ha quedado claro —comentó Willy.

—Bueno, vestía de una manera un tanto particular; llevaba una especie de túnica estrellada. Nunca habíamos visto nada igual por aquí.

—Ya veo —murmuró Vegetta, pensativo—. ¿Por casualidad tenía barba?

—¡Oh, sí! ¡Una bien larga!

Vegetta asintió. Se alejaron unos metros, dejando a los piratas a un lado con sus lamentos.

—¿Estás pensando lo mismo que yo? —preguntó Willy.

—La descripción encaja con él —asintió Vegetta—. Al parecer, el dueño de la casa del lago ya ha pasado por aquí y el Capitán Garfio lo ha hecho prisionero.

—Te conozco, por tu expresión intuyo que quieres ir a rescatarlo —dijo Vakypandy—. ¿No iban a ser unos días de vacaciones?

—**Me temo que las vacaciones se acabaron cuando Trotuman y tú os dedicasteis a jugar con aquellas esferas mágicas.**

—Bueno, tampoco hay que ponerse así —contestó Vakypandy, sonrojándose.

—Creo que Vegetta tiene razón —señaló Willy—. Algo me dice que ese anciano es la persona indicada para ayudarnos a salir de este lugar. ¿No es así?

—Correcto.

—En ese caso, la pregunta es: **¿dónde puede estar ahora mismo el Capitán Garfio?**

—Los piratas han dicho que se le habían unido unos ladrones —recordó Trotuman—. Pero decir eso y nada es lo mismo.

—No estés tan seguro —dijo Vegetta—. Apostaría cualquier cosa a que se trata de los cuarenta ladrones del cuento de Alí Babá.

Trotuman lo miró con extrañeza.

—¿Es eso verdad o te lo estás inventando?

—Alí Babá y los cuarenta ladrones es un cuento mítico de LAS MIL Y UNA NOCHES —aseguró Vegetta—. En él había un joven que...

Cuando se dio la vuelta, vio que sus amigos dormían a pierna suelta. Trotuman dio un respingo y se despertó de sopetón.

—¿Decías algo?

—Creo que mejor os lo cuento otro día. Pero, ahora que lo pienso, creo que ya sé dónde se esconde el Capitán Garfio. Sí, encajaría perfectamente.

—¿Dónde? —preguntaron los demás.

—En ese cuento había una cueva donde los ladrones ocultaban todos sus tesoros. Estoy seguro de que se han refugiado allí.

—¿Y dónde está esa cueva?

—No tengo ni la menor idea. Según el cuento, estaba muy bien protegida.

Los rostros de Trotuman y Vakypandy mostraron su decepción.

—Eso sí, como la historia transcurre entre unas montañas y un desierto, tenemos una pequeña pista para comenzar la búsqueda —aseguró Vegetta para animar a las mascotas.

Vakypandy puso los ojos como platos, parecía haber recordado algo de repente.

—Viniendo aquí hemos bordeado una zona desértica —dijo—. ¿Creéis que podría ser esa?

—No veo por qué no —contestó Willy—. Está lo suficientemente cerca como para que los ladrones viniesen desde allí.

—En ese caso, no perdamos más tiempo —apremió Trotuman.

Los amigos se despidieron de los piratas, prometiéndoles que harían todo lo posible por encontrar al Capitán Garfio. Si lo conseguían, intentarían convencerle para que volviese con ellos.

Regresaron por el mismo camino por el que habían llegado hasta el mar. Después de dejar atrás un bosque, tuvieron que atravesar una zona con pequeñas dunas de arena por las que Vakypandy y Trotuman se deslizaron como si fuesen toboganes. La diversión concluyó cuando los dos terminaron sentados sobre sendos cactus.

—**Nunca aprenderéis** —protestó Vegetta, retirando las agujas que se le habían clavado a Vakypandy.

Una vez reiniciada la marcha, Trotuman empezó a preocuparse por la cena, porque en pocas horas anochecería y no le hacía ninguna gracia tener que acampar con el estómago vacío. Vegetta intentó distraer a la mascota de Willy y empezó a contar uno de los muchos cuentos que sabía. Logró su objetivo porque, cuando estaba a punto de acabar la historia, los amigos habían llegado a un pequeño poblado en medio del desierto.

Estaba formado por un conjunto de casitas de barro que parecían haber emergido de aquellas arenas sin orden alguno. Estaban iluminadas con antorchas, pues empezaba a anochecer.

—Muy bonito —comentó Vakypandy, mientras recorrían lo que parecía una de las calles principales de aquel pueblecito—, pero no hay rastro del Capitán Garfio ni de los ladrones.

—¿Creéis que aquí nos darán algo de comer? —preguntó Trotuman, que seguía a lo suyo.

Apenas había terminado de hablar, cuando de uno de los callejones que se abría a su izquierda salió una persona. Iba enfundada en ropa de color negro y llevaba el rostro tapado. Se movía con la agilidad de una pantera negra.

—¡Al ladrón!
¡AL LADRÓN! —exclamó alguien tratando de perseguirle sin mucho éxito.

Prácticamente al mismo tiempo, otra persona echó a correr desde una de las calles que había a su derecha. También llevaba ropa oscura y se movía con la misma rapidez.

—¿**Habéis visto eso?** —preguntó Vakypandy.

—A lo mejor son los ladrones de los que nos hablaban los piratas —dijo Willy—. **¡Sigámoslos!**

Lo de seguirlos fue un decir porque nada más doblar la primera esquina, los dos fugitivos habían desaparecido.

—No pueden estar muy lejos —aseguró Vakypandy—. Tal vez si usase mi magia...

—¡**Espera!** —interrumpió Vegetta—.
¡Oigo gritos!

Efectivamente, no muy lejos de donde se encontraban había una pelea, o eso hacía pensar el ruido de objetos estrellándose contra las paredes. Willy y Vegetta decidieron ir hacia allí. Quizás encontrasen a alguno de los ladrones. Al fin y al cabo, si Vegetta estaba en lo cierto, había cuarenta para elegir.

La casa hacía esquina. Tenía las contraventanas de madera abiertas y la luz y los gritos se escapaban de su interior.

—**¡Devuélveme eso!** —oyeron gritar a una persona.

—Si nos damos prisa, tal vez lleguemos a tiempo —apremió Willy.

Los amigos corrieron hasta la casa. La puerta estaba abierta y entraron en tropel. En el centro de la habitación había un joven maniatado, rodeado por tres de aquellos misteriosos hombres vestidos de negro. Al ver que dos de ellos iban armados con cuchillos, Willy y Vegetta se colocaron en posición de combate.

—Será mejor que dejéis a ese chico en paz, si no queréis recibir la paliza de vuestra vida

—amenazó Trotuman, alzando los puños.

Uno de los hombres hizo un movimiento rápido con el pie y le lanzó una cacerola de cobre a Trotuman, con tan mala suerte que se le quedó encajada en la cabeza.

—¿Qué ha pasado?
¿Qué es este olor tan raro?
¿Dónde está todo el mundo?

—preguntaba la mascota, dando vueltas como un tiovivo.

Los hombres armados pasaron a la acción y les lanzaron sus cuchillos a los amigos. Vakypandy reaccionó con rapidez y sus ojos chispearon. Al instante, los cuchillos dieron media vuelta y comenzaron a perseguir a sus lanzadores, que, al verlos venir, salieron corriendo con aquellos filos pisándoles los talones. Aprovechando un momento de despiste, el tercer ladrón se escapó por una de las ventanas llevándose un objeto alargado de color dorado. Vegetta lo reconoció al instante: era la lámpara maravillosa.

—¿Estás bien? —preguntó Willy, apresurándose a desatar las manos al joven prisionero.

Este se incorporó, se sacudió el chaleco blanco y se ajustó el turbante verde.

—Sí, gracias a vosotros —contestó—. ¿Quiénes sois?

Vegetta hizo las presentaciones. Trotuman, por su parte, consiguió sacarse la cacerola de la cabeza y se enfurruñó al ver que se había perdido el combate, asegurando que los ladrones no se habrían escapado si él hubiera podido ayudar.

—Tú eres ALADINO, ¿verdad? —dijo Vegetta.

El joven asintió, bastante sorprendido.

—¿Cómo lo has sabido? ¿Eres algún mago o adivino?

—No exactamente.

—Entonces, ¿cómo me has reconocido?

—Bueno, es una historia complicada —replicó Vegetta.

Trató de explicarle que había sucedido algo que estaba provocando un extraño caos entre los personajes de distintos cuentos, pero Aladino lo miró como si fuese un extraterrestre.

—Lo que sí te podemos decir es que vamos tras los pasos de esos cuarenta ladrones —apuntó Willy.

—¡LOS LADRONES!
¡SE HAN LLEVADO MI LÁMPARA!

—¡**Claro!** —exclamó Trotuman, que acababa de caer en quién era ese personaje—. ¡Este es Aladino! ¡El dueño de esa lámpara de la que sale el genio que concede los deseos!

Aladino miró a la mascota entre sorprendido y asustado.

—¿Estáis seguros de que no sois magos?

—¡Qué va! Aquí la única que hace magia es Vakypandy. Eso sí, si tienes que montar una tienda de campaña, mejor hazlo tú mismo.

Vakypandy dirigió una mirada fulminante a su amigo y tuvo la tentación de hacer que los cuchillos que había hechizado se lanzasen contra él.

Aladino agachó la cabeza, abatido.

—El genio que se esconde en esa lámpara es muy poderoso —informó—. No todo el mundo conoce su secreto. Si estos ladrones lo descubren, no quiero ni imaginarme la de cosas malvadas que podrían obligarle a hacer. ¡Más aún si son cuarenta ladrones y cada uno pide un montón de deseos!

—¿Tienes alguna idea de dónde se esconden? —preguntó Willy.

—No. Es la primera vez que los veo por aquí.

—En ese caso, debemos ponernos en marcha de inmediato —aseguró Vegetta—. Con un poco de suerte, podremos encontrar el rastro de alguno de ellos por las calles.

—Escuchad... Os estoy muy agradecido por vuestra ayuda y espero que podáis detenerlos. Me gustaría ayudaros en vuestra misión y creo que la mejor forma de hacerlo es entregándoos este anillo.

Aladino extrajo una preciosa sortija de su dedo anular izquierdo. Tenía el rubí más grande que Willy y Vegetta habían visto en su vida.

—Gracias —dijo Willy—. No te ofendas, pero no sé de qué va a servirnos.

Vegetta miró el anillo y sonrió.

—Willy, este anillo también es mágico —afirmó, recordando más detalles del cuento—. Esconde un pequeño genio en su interior.

Al tiempo que hablaba, acarició el rubí con la yema de su dedo, haciendo sucesivos movimientos circulares. Entonces, brotó de él una fina voluta de humo rojizo.

—**¡A mí no me engañáis!**
—exclamó Aladino—.
¡Sois brujos!

¿Cómo si no ibais a saber que en ese anillo también se esconde un pequeño genio?

—Confía en nosotros, Aladino —le tranquilizó Vegetta—. No somos brujos. Solo pretendemos ayudar.

El humo cobró forma y densidad. En pocos segundos una simpática figura del tamaño de Trotuman y Vakypandy flotaba por encima de sus cabezas. Era de color escarlata, regordete y calvo, exceptuando una coleta que le salía de la coronilla. De su barbilla colgaba una perilla como la de un chivo y sus orejas puntiagudas lucían sendos aros de oro.

—**Saludos, joven amo** —dijo el genio con una voz extremadamente aguda—. **¿Qué puedo hacer por ti?**

—¿Podrías llevarnos hasta el lugar donde se esconde el Capitán Garfio? —pidió Vegetta.

—**Oh, me temo que eso es imposible**. Mi magia es muy limitada.

Vegetta no pudo ocultar la decepción en su rostro.

—¿Y podrías fabricarme un pastel de tres pisos de chocolate y nata con una guinda en la parte de arriba? —preguntó Trotuman.

—**¡Claro! ¡Eso sí puedo hacerlo!**
                                    —exclamó el genio, haciendo que la sonrisa de la mascota creciese de oreja a oreja—. Sin embargo, solo obedezco órdenes de mi joven amo. Así que... **¡te quedaste sin tarta!**

A Trotuman no le hizo ninguna gracia que el pequeño genio se partiese de risa en su cara.

—Espera a que me ponga ese anillo —murmuró la mascota—, vas a hacer tartas hasta el día en que las tortugas vuelen.

El genio regresó al lugar del que había salido, pero no sin antes hacerle una pedorreta a Trotuman. Por su parte, Willy y Vegetta se despidieron de Aladino y prometieron devolverle la lámpara maravillosa si daban con ella. Esa promesa se sumaba a la que habían hecho anteriormente a los piratas. Se les acumulaba el trabajo.

Cuando salieron al exterior, todo estaba en silencio y no había rastro de los ladrones. Habían perdido demasiado tiempo hablando con Aladino y lo más probable era que estos se hallasen ya en su refugio.

—¿Cómo se supone que vamos a encontrarlos ahora? —preguntó Willy.

—Eso dejádmelo a mí —dijo Vakypandy.

La mascota de Vegetta había permanecido muy callada hasta aquel momento. Tuviera lo que tuviera en mente, su gesto era de máxima concentración. Y así estuvo un par de minutos, hasta que se escucharon unos gritos. Willy y Vegetta vieron aparecer a dos de los ladrones que habían asaltado a Aladino. Corrían sin parar porque... ¡los cuchillos todavía los perseguían!

—**¡Por eso estabas tan callada!** —exclamó Vegetta, acariciando a Vakypandy—.

¡Has permanecido concentrada manteniendo el hechizo!

Vakypandy asintió.

—Les he hecho correr en círculos para que no se alejasen —replicó la mascota—. Ahora les daré un poco de libertad y, con un poco de suerte, nos guiarán hasta su guarida secreta.

—**¡Chica lista!**

Tal y como había dicho Vakypandy, los cuchillos redujeron un poco la velocidad y los ladrones aprovecharon esa ventaja para acelerar el paso. Abandonaron la ciudad y se dirigieron a las montañas. Willy y Vegetta siguieron sus pasos a una distancia prudencial. Desde su posición, pudieron oír cómo los hombres gritaban algo y, al instante, una inmensa grieta se abría en la base de la montaña.

Allí, en un lugar perfectamente escondido, se hallaba la famosa cueva.

LA CUEVA
DE LOS CUARENTA
LADRONES

Todos coincidieron en que lo mejor era acampar y esperar a que saliese el sol. Siendo ya noche cerrada, lo más probable era que la cueva estuviese llena de ladrones. Aunque no les tenían miedo, cuarenta ladrones no eran pocos. Eso sin contar al Capitán Garfio o al genio de la lámpara maravillosa. Si Garfio había descubierto que el genio podía concederle deseos, estarían en serios apuros. Willy y Vegetta decidieron que lo mejor era pedirle al pequeño genio escarlata que se quedara de guardia y los despertase en cuanto Garfio y los ladrones abandonasen la guarida.

Aprovechando que Vegetta había ordenado al genio salir del anillo, Trotuman propuso pedirle también un lugar confortable para acampar, con unas tiendas de campaña último modelo.

—Tampoco nos vendrían mal unas colchonetas donde descansar —añadió Trotuman—. Las piedrecitas del campo se me clavan y...

—¡Pero si con ese caparazón que te cubre la espalda es imposible que se te clave nada! —replicó Willy.

—Es igual. Que el listillo del genio trabaje, que trabaje —insistió Trotuman—. ¡Ah! Por supuesto no puede faltar una buena cena. Ya sabéis que, con el estómago vacío, yo...

—Lo pillo, lo pillo —dijo Vegetta, que, al final, fue quien tuvo que pedir todas esas cosas al genio.

Lo cierto es que fue una noche apacible, con un cielo despejado y salpicado de estrellas. Descansaron bien en sus tiendas y, apenas habían salido los primeros rayos de sol en el horizonte, dieron un bote en sus sacos de dormir cuando alguien gritó:

—¡Hora de levantarse!

¡Servicio de habitaciones!

—¿Se puede saber qué es todo este escándalo? ¡Queremos dormir! —protestaron Vakypandy y Trotuman, escondiéndose en el interior de los sacos.

Willy y Vegetta sintieron la tentación de seguir durmiendo, pero al final se levantaron. Abrieron las tiendas y asomaron la cabeza. Allí estaba el genio escarlata, vestido como un gran chef frente a una mesa rectangular cubierta con un mantel y repleta de comida. Había huevos revueltos, queso, fruta, bizcochos, magdalenas de chocolate, pastelitos de crema y muchas otras cosas.

—¿Pero esto qué es? —preguntó Willy.

—El desayuno —contestó el genio, como si tal cosa.

—¿Tú has visto la cantidad de comida que hay ahí? —comentó Vegetta, atónito—. ¿Acaso has invitado a desayunar a los cuarenta ladrones?

—Es la comida más importante del día —informó el genio—. Debéis coger energía para todo lo que os espera.

—**¡Ni cien como Trotuman podrían con todo esto!** —exclamó Willy.

La cremallera de la tienda de la mascota se abrió.

—**¿Alguien ha hablado de mí?** —preguntó con los ojos entrecerrados. En cuanto vio lo que tenía delante, reaccionó y sus párpados se abrieron de par en par—. **¡Pero qué veo!** Me parece que, después de todo, tú y yo vamos a terminar llevándonos bien.

El genio escarlata sonrió. Mientras los amigos se abalanzaban sobre la comida, les comunicó que hacía escasos cinco minutos que Garfio había abandonado la cueva capitaneando a un montón de ladrones.

—Parecía un general que iba a la guerra.

—¿Hacia dónde se han dirigido? —preguntó Vegetta.

—Los ha reunido fuera de la cueva y los ha enviado en grupos en distintas direcciones —respondió el genio.

—Algo trama —dijo Willy—. Sea lo que sea, está dividiendo sus fuerzas.

—¿Has visto si había algún anciano en el grupo? —se interesó Vegetta.

El genio puso cara de asombro.

—Tengo buena vista, pero… ¿Tú crees que se puede distinguir la edad de una persona desde esta distancia?

—No sé por qué te extrañas —replicó Trotuman, dispuesto a hincarle el diente a un jugoso pincho de frutas—. Si tienes tantos poderes, no veo por qué no podrías tener supervisión.

Un simple chasquido de dedos le bastó al genio para hacer desparecer el pincho de frutas, haciendo que Trotuman diese una dentellada al aire.

—**Rencoroso…**

El genio ignoró el comentario de la mascota y añadió:

—Como iba diciendo, desde aquí no podía ver las canas de la gente, pero sí puedo deciros que todos se movían con bastante rapidez. Algunos incluso iban a caballo.

—Así que no crees que hubiese ningún anciano entre ellos —dedujo Willy.

—Exacto.

—Entonces, si aún sigue ahí dentro y los ladrones se han marchado,

¡es el momento ideal para rescatarlo!

—aseguró Vakypandy—. ¿Qué hacemos perdiendo el tiempo con el desayuno?

¡Vayamos a la cueva ya mismo!

Trotuman se acercó a la mesa y se preparó un nuevo pincho de fruta variada. Tenía un aspecto delicioso. Se le hacía la boca agua solo con mirarlo.

—Querida Vakypandy —dijo—, comer no es ninguna pérdida de tiempo. Es un...

Un nuevo chasquido de dedos del genio hizo desaparecer la mesa de comida y la fruta que Trotuman estaba a punto de devorar. El genio se encogió de hombros y esbozó una sonrisa maliciosa.

—**Una orden es una orden** —se excusó.

—¡Pero la orden la ha dado Vakypandy! —explotó Trotuman—. Es Vegetta el que tiene el anillo.

¡Ve-ge-TTA!

—Un pequeño fallo lo tiene cualquiera. Tampoco hay que ponerse así.

Los amigos se mostraron de acuerdo con el genio y, en cuanto este regresó al anillo, se pusieron en marcha. Trotuman siguió sus pasos, pero no dejó de refunfuñar en todo el camino.

No mucho tiempo después, Willy, Vegetta y sus mascotas se hallaban ante la pared del desfiladero desde la que habían partido Garfio y los ladrones. No se distinguía la entrada a ninguna cueva, ni siquiera una pequeña grieta. Lo único que encontraron fueron rocas, rocas y más rocas. De hecho, había una especialmente grande que llamó la atención de Trotuman.

—Fijaos en estas marcas en el suelo —señaló—. Es como si hubiesen desplazado esta roca a un lado y la hubiesen vuelto a poner en su lugar.

—**¡Bravo, Trotuman!** —exclamó Vegetta—. **¡Has dado con la entrada a la cueva!**

—**Estarás de broma, ¿no?** —contestó la mascota—.
¿Cómo se supone que vamos a mover semejante
piedra? ¡Más aún sin haber podido desayunar
como es debido!

—No te olvides de que yo puedo hacer magia
—recordó Vakypandy, encogiéndose de hombros—.
No hay tiendas de campaña a la vista.

Vegetta rio.

—Me temo que en esta ocasión tu magia sería inútil —comentó, provocando una mirada de extrañeza en Vakypandy—. La entrada a esta cueva está hechizada y solo se puede acceder a ella si dices las palabras mágicas correctas.

—Con la de cuentos que conoces, eso es pan comido para ti —aseguró Willy—. Por un momento me veía empujando esta piedra. ¡Menos mal!

—**Ehm... Sí...** —balbució Vegetta.

—Porque... tú sabes esas palabras mágicas, **¿verdad?**

—Bueno, yo... Recuerdo que una vez me contaron este cuento. Lo cierto es que son muy conocidas...

Trotuman se acercó a la roca y gritó a viva voz:

—**¡Abracadabra pata de cabra!**

Pero nada sucedió.

—Me temo que eran otras. Hacían referencia a algo muy pequeño.

—**¡Un microbio!** —exclamó Vakypandy.

—**¡Un grano de mostaza!** —gritó Trotuman y todos le miraron con sorpresa—. **¿Qué?** Es muy pequeñito... yo no sé de cuentos, pero lo que es de comida...

—Ahora que lo dices, era algo comestible —recordó Vegetta—. No era mostaza... Centeno... Lino...

¡Sésamo!

¡ESO ES!

¡ÁBRETE SÉSAMO!

Las palabras de Vegetta provocaron un efecto inmediato en la roca, que comenzó a desplazarse hacia el lado derecho. Unos segundos después, quedaba a la vista el oscuro túnel que llevaba al interior de una gruta.
La famosa cueva del cuento de Alí Babá y los cuarenta ladrones.

Los amigos se adentraron con cautela. Si la entrada a aquella cueva estaba hechizada, era posible que hubiese alguna trampa más en el interior. Además, tampoco tenían la total seguridad de que hubiesen salido los cuarenta ladrones. A lo mejor uno o dos se habían quedado de guardia.

El silencio era total. Prosiguieron un buen rato sin toparse con trampa alguna. Cada vez estaban más convencidos de que allí no había nadie. Incluso empezaban a dudar de que el anciano se encontrase allí, cuando divisaron los primeros tesoros.

—**¡No toquéis nada!** —susurró Willy.

Pero su advertencia llegó tarde. Vakypandy ya se había colgado del cuello dos juegos de collares de perlas y rubíes. También se había puesto unos pendientes de diamantes. Trotuman, por su parte, se había colocado una corona de oro que en su día perteneciera a un importante rey y agitaba un cetro.

Willy y Vegetta respiraron aliviados al ver que no se activaba ninguna trampa y que no había ningún hechizo protegiendo el tesoro. No era la primera vez que se habían tenido que enfrentar a una situación así.

—¿QUIÉN ANDA AHÍ?

La voz vino del otro lado de la cueva. Willy, Vegetta y las mascotas se quedaron quietos como estatuas, tratando de captar algo: cualquier movimiento o la respiración de quienquiera que estuviese allí. No escucharon nada más, pero había quedado claro que no estaban solos en la cueva. Podía ser el anciano, pero también uno de los ladrones. Quién sabe si las dos cosas. Por eso, comenzaron a moverse con mucho cuidado por los pasillos que se abrían entre las montañas de monedas y joyas.

—Sé que estáis ahí —insistió la voz, un poco más cerca de donde se encontraban—. Sois varios, pero no sois miembros de la banda de los cuarenta ladrones. ¿Quiénes sois?

—¿Cómo sabes que no somos ellos? —preguntó de pronto Trotuman, incapaz de permanecer callado.

—¡Porque os habéis dejado la puerta de la cueva abierta, mentecatos! —exclamó la voz—. Apostaría mi barba a que sois los mismos que habéis desencadenado este tremendo desastre en el Reino de los Cuentos.

Los amigos rodearon un último montículo de oro, ya sin preocuparse demasiado de si hacían ruido o no.

—**¿De qué desastre estás hablando?** —preguntó entonces Willy.

Allí, ante ellos, estaba el anciano. Era la misma persona que aparecía retratada en el cuadro que había colgado en el recibidor de la casa del lago. Sin embargo, mostraba un aspecto notablemente desmejorado. Su ropa estaba sucia y la barba tan despeinada que asustaba mirarla. Además, lo habían encadenado a la pared de roca.

—**Así que sois vosotros...** —suspiró el anciano, negando con la cabeza—. No sabéis lo que habéis hecho...

—Hombre, lo que hemos hecho lo sabemos muy bien. Nos cargamos todas esas bolitas de colores —reconoció Trotuman—. Lo que desconocemos son las consecuencias de ese pequeño accidente. Si podemos ayudar en algo...

—**¿Pequeño accidente?** —repitió el anciano, indignado—.

¡ES UNA CATÁSTROFE!!!!!!

Entonces les explicó que él era Merlín, el legendario mago, y que sobre él había recaído la responsabilidad de salvaguardar el equilibrio en el Reino de los Cuentos.

—Vaya, así que ese es el nombre del lugar al que hemos venido a parar —dijo Vakypandy.

—Así es —reconoció Merlín—. Debéis saber que este reino está dividido en tantos territorios como cuentos se han escrito a través de los tiempos. De esta manera, cada vez que se escribe una nueva historia, el reino crece con un nuevo territorio. Sin embargo, hay una norma fundamental: cada relato es único y especial, por lo que sus personajes no pueden salir de él; estos viven por y para su cuento, sin poder interferir en las demás historias.

—Comprendo —asintió Vegetta—. Eso significa que el lobo de los tres cerditos no debería haber podido entrar en el cuento de Caperucita Roja o los cuarenta ladrones en el de Aladino.

—Correcto.

—Supongo que esas esferas de colores tuvieron algo que ver con todo esto —dedujo Vegetta.

—Así es —confirmó Merlín—. Cada esfera está relacionada con un cuento. El hechizo que se guarda en su interior establece unas fronteras mágicas que hacen que los cuentos permanezcan juntos, pero no revueltos. Y yo soy el responsable de ello.

—**Y al haber roto las esferas, ese equilibrio ha desaparecido** —resumió Willy—. De modo que ahora los personajes de los cuentos pueden deambular libremente por todo el reino.

Merlín dio una palmada y el eco de las cadenas resonó en la cueva.

—Eso es, ni más ni menos, lo que ha sucedido. Sin embargo, hay un problema aún mayor...

—El Capitán Garfio se ha unido a los cuarenta ladrones y está sembrando el pánico en el Reino de los Cuentos —añadió Vegetta.

Merlín asintió.

—Veo que, por lo menos, sois conscientes de lo que pasa aquí. No obstante, la cosa es todavía más grave.

Entonces, Merlín explicó a los cuatro amigos que el motivo de su visita al reino había sido la sospecha de que Garfio estaba a punto de descubrir el secreto de las fronteras mágicas, pero había llegado tarde. Ahora, el Capitán Garfio no solo estaba sembrando el terror entre los habitantes de los demás cuentos, sino que pretendía tomar el control de todo el reino.

—Pero ¿es eso posible? —preguntó Willy.

—**Me temo que sí** —reconoció Merlín.

Acto seguido les explicó cómo el espejo de Blancanieves le había revelado a Garfio un terrible secreto. Si el pirata se hacía con el control de unos determinados objetos, con el conjuro apropiado podría dominar los cuentos para siempre.

—Pero eso... **¡Eso sería una tragedia!** —exclamó Vegetta—. Si eso sucediese, los cuentos nunca volverían a ser iguales. Los niños ya no disfrutarían con las aventuras de sus personajes favoritos porque siempre ganaría el Capitán Garfio. **¡Y tendrían pesadillas si los leyeran antes de irse a dormir!**

¡Tenemos que hacer algo para evitarlo!

—Creo que lo primero es liberar a Merlín y, después, juntos detendremos al Capitán Garfio —sugirió Willy.

Merlín negó con la cabeza.

—Me temo que no es una buena idea —replicó—. No necesito que me liberéis. Yo mismo podría irme de aquí si quisiera.

Un leve susurro del mago unido a un sencillo gesto hizo que las cadenas que lo ataban se volatilizaran. Merlín les enseñó sus manos libres como prueba. Inmediatamente después, hizo aparecer las cadenas de nuevo.

—¡ESO HA SIDO UNA PASADA! —exclamó
Vakypandy—. Yo no podría hacerlo igual.

—Con un poco de práctica, seguro que sí.

—Si puedes liberarte con tanta facilidad, ¿por qué sigues prisionero? —preguntó entonces Willy.

—Porque de esta forma tengo controlados los movimientos de Garfio y sus secuaces —confesó el mago—. Escuchad. Hay algo que no os he contado y que es de vital importancia. Es cierto que, con esos objetos y con el hechizo adecuado, el Capitán Garfio podría hacerse con el control del Reino de los Cuentos. Pero también es verdad que, con esos mismos objetos y un hechizo diferente, yo puedo devolver el equilibrio que existía antes.

—Eso lo arreglará todo —aseguró Vegetta. Se calló unos instantes y después preguntó—: ¿Hay algo en lo que podamos ayudar? ¿Algo que podamos hacer para enmendar nuestro error?

Merlín frunció el ceño y se acarició la barba, pensativo.

—Ahora que lo dices, puede que sí... Garfio ha enviado a los ladrones en busca de los primeros objetos de la lista que le facilitó el espejo mágico. Por el motivo que sea, ha decidido seguir el mismo orden de la lista y no otro criterio. Si nos movemos rápido y conseguimos algunos objetos antes que él, le dificultaríamos las cosas.

—**¡Es una buena idea!** —reconoció Willy—. Podríamos ir en busca de los tres últimos objetos de la lista.

—Me parece bien —dijo Vegetta—. ¿De qué objetos estaríamos hablando?

—El primero sería la caracola que la sirenita lleva colgada del cuello —empezó a enumerar Merlín—. El segundo, el famoso huso con el que se pinchó la bella durmiente...

—¿Y el tercero? —preguntó Trotuman.

—La flauta del flautista de Hamelin.

Vegetta silbó. Aquello iba a ser todo un reto.

Merlín les dio unas recomendaciones para ir a cada uno de los destinos y les dibujó un pequeño mapa. Cuando todo quedó claro, los amigos se despidieron de él. No había ni un segundo que perder.

¡EL DESTINO DEL REINO DE LOS CUENTOS ESTABA EN SUS MANOS!

EL OCTAVO VIAJE

Willy y Vegetta conocían el camino de vuelta a la costa, pues habían estado previamente allí. Sin embargo, Merlín les había comentado que el País de Nunca Jamás quedaba un poco alejado del territorio del cuento de la sirenita. Por eso, decidieron seguir sus indicaciones y se dirigieron al famoso puerto de Basra para buscar un barco que les llevase al lugar deseado.

Basra era una ciudad marinera, con un inmenso puerto al que llegaban barcos de muy diversos tipos y tamaños. Había desde grandes naves a pequeñas embarcaciones de madera con velas triangulares empleadas para la pesca de perlas y el transporte de determinadas mercancías.

Cuando Willy y Vegetta llegaron allí, el lugar estaba lleno de gente trabajando. Había artesanos reparando barcos, pescadores descargando las capturas del día y mercaderes dispuestos a comprar y vender todo cuanto pasara por sus manos.

—Por lo menos Merlín llevaba razón al decir que aquí encontraríamos un barco —reconoció Vakypandy—. ¡Lo difícil sería no encontrar uno!

Los amigos se acercaron a un hombre que estaba limpiando su embarcación. Iba vestido de blanco y llevaba un fez rojo.

—Disculpe, necesitamos a alguien que nos lleve a este lugar —interrumpió Willy, enseñándole el rudimentario mapa que les había dibujado Merlín.

—**¡OH! ¡NO, NO, NO!** Hoy ya no saldremos más al mar —dijo el hombre, negando con la cabeza—. **Viene tormenta.**

—**¡Pero si está despejado!** —protestó Trotuman.

—Tormenta, tormenta —repitió el hombre—. Mucha agua.

—Claro que hay mucha agua. Esto es el mar —murmuró la mascota. Pero el hombre se dio media vuelta—. Habrase visto... **¡Un marinero con miedo al agua!**

Lo cierto era que soplaba un poco de viento y se atisbaban nubecillas en el horizonte, pero nada presagiaba una fuerte tormenta. Los amigos decidieron seguir buscando a alguien que estuviese dispuesto a llevarles a su destino. Preguntaron a cinco marineros diferentes y los cinco les dieron la misma respuesta.

—¡Todos con la excusa de la tempestad!

—comentó Trotuman.

—¿Y si le pidiésemos al genio escarlata que nos fabricase un barco? —preguntó Vakypandy.

—No es una mala idea —reconoció Vegetta—. Pero nosotros solos no lograríamos llegar hasta allí. Necesitamos un marinero experimentado.

Alguien carraspeó a sus espaldas.

—He oído que andáis buscando un barco...

—Así es —confirmó Vegetta.

Al darse la vuelta se toparon con un hombre espigado de mirada misteriosa. Vegetta sintió escalofríos al contemplarle. Aquel personaje le daba mala espina.

—¿Puedo saber para qué lo necesitáis?

—preguntó el hombre, haciéndose el interesante—. No es lo mismo salir de pesca que ir en busca de un... **tesoro.**

Su sonrisa retorcida dejó entrever un diente de oro.

—Es una historia un poco larga de contar y, la verdad, tenemos un poco de prisa —se excusó Vegetta.

—Es una lástima —comentó el hombre—. Me temo que, para cuando salgáis de esta, la tormenta ya se habrá echado encima y os será imposible conseguir un barco.

—¿Pero este hombre de qué habla?
¿Salir de dónde?
—preguntó Trotuman—.
¿Se ha vuelto majara?

Los amigos vieron cómo el marinero misterioso se marchaba sin decir una sola palabra más. De hecho, antes de perderse entre la multitud, lanzó una pequeña bolsa con monedas a un encantador de serpientes y le hizo una señal. El encantador asintió, sacó una flauta y comenzó a tocar una melodía pegadiza.

Tenía dos cestos a sus pies y de cada uno salió un trío de aquellos animales. Primero asomaron tímidamente la cabeza, pero fueron sacando el resto de su cuerpo al ritmo de la música. Sus ojos parecían brillar como esmeraldas y fijaron toda su atención en Willy, Vegetta y las mascotas. La gente se apartó al ver que las serpientes abandonaban los cestos. Estas se movieron con rapidez y rodearon a los amigos.

—Esto no pinta bien
—murmuró Willy.

—No pinta nada bien —repitió Vakypandy—. ¿Creéis que ese hombre tiene algo que ver con Garfio y los ladrones?

—Podría ser —asintió Trotuman—. Pero eso no es lo que más me preocupa ahora mismo. No puedo apartar la mirada de esos colmillos.

Los amigos se apiñaron, pegando sus espaldas entre sí. Las serpientes ganaban terreno poco a poco, estrechando el círculo. A pesar de que estaban preparados para pelear, ¿cómo se suponía que iban a derrotar a media docena de reptiles como aquellos?

—¿Y si llamas al genio escarlata? —propuso de pronto Willy—. Seguro que él puede sacarnos de aquí.

—**¡Buena idea!** —replicó Vegetta, apresurándose a acariciar el rubí del anillo.

En esta ocasión tan solo apareció la cabeza del genio, que miró asustado a un lado y a otro.

—Os he oído hablar de serpientes —dijo con voz temblorosa—. **¡Me dan pánico! ¡Avisadme cuando se hayan ido!**

Y, sin más, volvió a meterse en su sortija.

—**¡Espera! ¡Eres tú quien debe hacer que se vayan!** —exclamó Trotuman—. **¡Oh, genial! ¡Se acaba de ir nuestro medio de salvación!**

—¿Crees que podrías hacer algo con tu magia, Vakypandy?

La mascota miró a Vegetta y torció el gesto.

—Podría, pero con toda seguridad pondría en peligro las vidas de todos los que hay alrededor.

Trotuman sacó de su caparazón la última manzana que le quedaba de las que había cogido de los árboles frutales el día anterior.

—Te voy a echar de menos, bonita...

—¡No me puedo creer que estés pensando en comer en un momento así! —protestó Willy.

—¿**Comer?** —preguntó Trotuman—.
 ¡Qué más quisiera yo!

Tomó impulso y, con un certero movimiento de muñeca, arrojó con todas sus fuerzas la manzana contra el encantador de serpientes. Ni el mejor bateador del mundo habría podido con aquel lanzamiento. Trotuman no estaba dispuesto a malgastar de cualquier forma una manzana tan deliciosa como aquella, así que se aseguró de dar en su objetivo.

Y así fue. La manzana se encajó con fuerza en la parte posterior de la flauta del encantador de serpientes y, al instante, la música se distorsionó hasta sonar como una flatulencia.

Las serpientes se detuvieron y se miraron entre sí, desconcertadas. Furiosas por la falta de respeto del músico, decidieron ir a por él. Los amigos aprovecharon aquellos momentos para salir corriendo.

Un joven, que había sido testigo de todo lo ocurrido, los llamó:

—¡Por aquí! ¡Por aquí!

Willy y Vegetta reaccionaron. Al ver que el encantador de serpientes se disponía a reanudar la música con una flauta de repuesto, y sospechando que los reptiles, de nuevo hipnotizados, seguirían sus pasos, no lo dudaron. Saltaron tras unos barriles que les cortaban el paso y fueron a parar... **¡a un barco!**

—¡RÁPIDO! ¡SOLTAD LAS AMARRAS!

—gritó el joven, al tiempo que tensaba las velas.

Trotuman y Vakypandy se encargaron de aflojar los nudos y a los pocos instantes la nave comenzó a alejarse del embarcadero. Allí se quedaron las serpientes, con los ojos clavados en las víctimas que escapaban.

—¡UFF! ¡Por los pelos! —suspiró Willy.

—Ya lo creo —reconoció Vegetta—. De no haber sido por este chico...

Los dos amigos se acercaron al joven, que se había puesto al timón. Dirigía el barco con maestría hacia alta mar, mientras esquivaba a todos los que, en dirección contraria, se aproximaban al puerto de Basra. No sería mucho mayor que ellos, aunque vestía de forma muy diferente. Llevaba una camisa blanca, pantalones amarillos y un fajín rojo, del mismo color que el pañuelo que cubría su cabeza. A pesar de los gritos de los demás marineros, que lo tildaban de loco e inconsciente, no perdió la concentración. No abrió la boca hasta que el barco estuvo fuera de peligro.

—Nos has salvado la vida —dijo Vegetta después de hacer las presentaciones.

—No ha sido nada, mi nombre es SIMBAD —respondió el joven—. Cuando vi que Omar Dedoslargos se acercaba a vosotros, supe que estabais en peligro. ¡Ese granuja no da puntada sin hilo!

—No lo entiendo —murmuró Willy—. Ese tal Dedoslargos le dio un saquito con monedas al encantador de serpientes. ¿Por qué habrá hecho eso?

—Más bien será qué habrá ganado con ello... Seguramente a él le habrían entregado previamente el triple de esa cantidad.

—¿Creéis que será cosa de Garfio o de los ladrones? —preguntó Vakypandy.

—No sé si esto será culpa de esas personas de las que habláis. Desde luego, es de alguien que no os aprecia demasiado.

Willy y Vegetta pensaron en las palabras de Simbad y se preguntaron si era posible que alguno de los ladrones los estuviese siguiendo para acabar con ellos. Lo cierto es que los habían visto liberar a Aladino...

—En cualquier caso, ahora estáis fuera de peligro —afirmó Simbad—. Bueno, relativamente. Se está formando una tormenta a lo lejos.

Vegetta le enseñó el mapa de Merlín y le mostró el punto al que querían ir. Simbad miró aquellas indicaciones extrañado, pues nunca había visto nada igual. Sus fronteras se extendían más allá de lo que él conocía.

—Si este mapa es correcto, no deberíamos tardar demasiado tiempo en llegar —comentó—. Aunque es extraño... He viajado mucho, pero jamás pensé que habría tierras en aquella dirección.

Por supuesto, Vegetta había oído hablar de los siete viajes de Simbad el marino. **¡Era todo un aventurero!** No podían estar en mejores manos para cruzar el océano y llegar hasta el reino de la sirenita. Y con esa confianza, los amigos surcaron las aguas, cada vez más agitadas por el viento.

¡Estaban haciendo historia al realizar el octavo viaje junto a Simbad!

No fue una travesía demasiado larga, tal y como había previsto el joven, pero hubo tiempo más que suficiente para que Vakypandy terminase mareada como un pato. Al atardecer, el cielo estaba tan encapotado que parecía de noche. Y comenzó a llover poco antes de que avistaran la costa. Sobre un inmenso acantilado destacaba un llamativo faro que emitía destellos de luz cada pocos segundos.

_ES UNA ZONA MUY PELIGROSA

—aseguró Simbad, alzando su voz para hacerse oír entre los silbidos del viento—. Hay muchas rocas. Si nos acercamos demasiado a la costa, podríamos encallar.

En aquel instante el cielo tronó y un rayo cayó directamente sobre el faro. El impacto provocó una pequeña explosión y la luz se apagó de inmediato. Durante unos segundos, todos quedaron sumidos en la oscuridad, balanceándose al compás de las olas.

—¡Mirad! ¡ALLÍ HAY UN BARCO!
—exclamó Trotuman.

—Debe de ser el barco del príncipe —aventuró Vegetta, recordando el cuento de la sirenita—.

¡VA DIRECTO A LOS ESCOLLOS!

Sin la luz del faro, no había señal alguna que los advirtiese del peligro. En condiciones normales, Vakypandy habría podido emitir algún destello de advertencia, pero la mascota estaba tan mareada que apenas podía tenerse en pie. Entonces oyeron un crujido estremecedor a lo lejos. Como si se hubiesen partido por la mitad un centenar de tablones de madera al mismo tiempo. De hecho, prácticamente fue lo que ocurrió cuando el casco de la embarcación del príncipe golpeó contra un saliente de roca.

—¡ESE BARCO SE VA A HUNDIR!

—afirmó Trotuman—.

¡Debemos ir en su ayuda!

—Tranquilo, Trotuman —dijo Vegetta—. Si no recuerdo mal, la historia de la sirenita es tal y como la estás viviendo. En unos minutos el príncipe caerá al agua y ella será quien lo rescate. De hecho, es muy posible que esté observando desde algún lugar.

—¿Podría ser aquella? —preguntó Willy, señalando en dirección a unas rocas.

Vegetta vio un montón de algas colgadas sobre unas ramas, formando algo parecido a un espantapájaros.

—Me sorprendería que la sirenita tuviera ese aspecto —replicó.

—¡No! ¡Esas rocas no, las de más allá!

Efectivamente, sobre un montículo de rocas, la figura estilizada de una sirena observaba atentamente todo cuanto sucedía en el barco del príncipe. A pesar del temporal y de las embestidas de las olas, ella no se movía. Su larga melena se agitaba con el viento y su inmensa cola de pez brillaba cada vez que un relámpago iluminaba el cielo. En uno de esos destellos pudieron comprobar que la famosa caracola colgaba de su cuello.

—¿Cómo vamos a hacer para conseguir el colgante?
—preguntó Trotuman.

—Tal vez si nos aproximamos un poco...

—**¡Es demasiado peligroso!**
                                  —advirtió Simbad, que
movía sin parar el timón a un lado y a otro tratando
de enderezar el rumbo—. Si nos acercamos a esos riscos,
lo más seguro es que terminemos hundiéndonos.

—Además, no creo que nos lo entregue, aunque se lo
pidamos —comentó Vegetta—; no olvidéis que ella está
pendiente del príncipe.

El barco comenzó a escorarse y la tripulación,
desesperada, optó por saltar al agua. Seguramente, uno
de ellos sería el príncipe. La sirenita se había erguido y
se disponía a zambullirse en el mar cuando sucedió algo
totalmente imprevisto.

De las aguas emergió una criatura enorme. Las altas
olas, la lluvia y el viento apenas dejaban ver más
detalles, pero su tamaño ya imponía de por sí. Lo que
al principio parecían los tentáculos de un pulpo gigante,
resultaron ser cabezas. ¡Llegaron a contar hasta siete!

¡ES LA HIDRA!
—exclamó Willy—.
¿De dónde habrá salido?

—¡Y yo qué sé! —contestó Vegetta—.

¡No conozco todos los cuentos que se han escrito!

Desde luego, no me suena que sea una de las criaturas a las que se enfrentara Simbad en ninguno de sus viajes.

—¿Qué más da a qué cuento pertenezca? —replicó Vakypandy. La aparición de la criatura parecía haberle hecho recuperar la normalidad—. El caso es que está ahí. Y si no hacemos algo pronto...

—¡No sigas! —interrumpió Trotuman, que ya se imaginaba lo peor.

—Hagamos lo que hagamos,
no debemos cortarle ninguna cabeza
o le saldrán más
—los previno Willy.

—¡PERO QUÉ DICES! —gritó su mascota.

—De cuentos no sabré, pero algo de mitología sí, y eso es lo que pasa con la Hidra: cada vez que le cortan una cabeza, le salen dos.

Se habían quedado tan impresionados contemplando aquel monstruo marino que olvidaron por unos instantes a la sirenita. Y en ese tiempo, la princesa de las profundidades desapareció de su vista.

—**¡Se ha ido! ¡Se ha ido!** —se percató Willy, dando la voz de alarma.

—**¡AHÍ!** —señaló al cabo de un rato Vegetta, apuntando hacia una figura que surcaba el agua como un delfín. Estaba arrastrando a alguien—.

¡Acaba de rescatar al príncipe!

Los amigos sabían que no podrían llegar hasta ella, pues la Hidra se interponía en su camino. Además, si la enorme criatura los detectaba, iría a por ellos. Por eso decidieron que lo mejor era adelantarse y tratar de dejar fuera de combate al monstruo. Al ver un arpón atado a un grueso cabo de cuerda, Willy tuvo una idea y se la comentó a sus amigos.

—**¡SÍ!** —afirmaron—. **¡Podría funcionar!**

De inmediato se pusieron manos a la obra. Simbad acercó el barco cuanto pudo a la Hidra. Cuando estuvieron suficientemente cerca, Willy lanzó el arpón como si fuera un vaquero del Oeste que quisiera atrapar a una res. Afortunadamente logró su objetivo a la primera y el arpón se enroscó en uno de los cuellos de la criatura. Como era de esperar, el monstruo enfureció.

En una de sus acometidas, sacudió con fuerza el agua y la sirenita y el príncipe salieron despedidos varios metros y quedaron inconscientes sobre las olas.

—**¡Ahora, Vakypandy! ¡RÁPIDO!**

La mascota de Vegetta se concentró y, gracias a su magia, consiguió que el barco de Simbad despegara del agua. Mientras el marino dirigía el rumbo de la nave, Vakypandy le daba el impulso mágico necesario para que sobrevolase las aguas. La habilidad de Simbad

los salvó de un par de dentelladas mientras daban vueltas alrededor de la criatura. La cuerda fue tensándose cada vez más y más y, al cabo de un rato, los siete cuellos estaban firmemente atados, como si de un manojo de espárragos se tratara.

—Esperemos que aguante lo suficiente para que toda esa gente se salve y podamos hacernos con la caracola.

Simbad enderezó el rumbo del barco y Vakypandy hizo que este descendiese unos metros. Entre Willy, Vegetta y Trotuman rescataron a la sirenita y al príncipe, y los llevaron a la orilla. Una vez allí, Vegetta cogió el precioso colgante que ella llevaba al cuello.

Se sintió mal por hacerlo sin su permiso, pero se dijo que era por su bien y el de los demás habitantes del Reino de los Cuentos. Por fin tenían el primer objeto que les había encargado buscar Merlín.

EL CASTILLO...
DE LA SELVA

Simbad se ofreció a llevarlos hasta el lugar más cercano a su siguiente destino. Según sus cálculos deberían viajar durante toda la noche, de manera que tenían tiempo para descansar unas horas. Había sido un día agotador, por lo que Willy y Vegetta aceptaron de buen grado la oferta.

Cuando despertaron a la mañana siguiente, el barco flotaba en aguas tranquilas. El paisaje del mar embravecido junto a los afilados acantilados había cambiado por el de un agradable río entre bosques y praderas llenas de flores.

—¿Dónde estamos? —preguntó Vakypandy.

—Según el mapa, vuestro próximo destino se encuentra en aquella dirección —respondió Simbad, señalando un camino que se adentraba en la vegetación.

Vegetta asintió. Merlín les había indicado que el segundo objeto que debían conseguir era el huso con el que se había pinchado la bella durmiente. Eso significaba que aquel camino los conduciría directamente hasta su castillo.

Los amigos se despidieron de Simbad y le agradecieron todo cuanto había hecho por ellos. Sin su ayuda, no habrían podido hacerse con la caracola de la sirenita. Y probablemente tampoco habrían llegado vivos hasta allí.

—Tenía entendido que el castillo de la bella durmiente era un lugar precioso, rodeado de jardines y bosques bien cuidados —comentó Willy una vez se pusieron en camino—. Y este sitio se parece más a una selva que a un bosque.

—Me encantaría decirte que es posible que el paisaje cambie más adelante, pero me temo que, por lo que estoy viendo, únicamente va a cambiar a peor —dijo Vegetta.

No era la primera vez que se encontraban en un bosque frondoso en el que las copas de los árboles impedían el paso de la luz y las ramas parecían querer atraparlos a su paso. Sin embargo, aquel lugar tenía una atmósfera especial... Algo mágico.

—Tengo la sensación de que nos observan —advirtió Trotuman.

—Yo también —asintió Vakypandy, imaginándose miles de ojos entre las hojas.

El chasquido de una rama los hizo detenerse en seco. Sin duda, había alguien cerca, escondido entre los árboles. Willy y Vegetta aguardaron unos instantes en silencio y, al ver que nada sucedía, prosiguieron su marcha, siempre atentos a su alrededor.

—**¡Mirad!** Esto podrían ser los restos de una fuente —señaló Vakypandy.

Efectivamente, ante ellos se alzaba una estructura circular con unas esculturas de mármol en el centro. Aún conservaba algo de agua estancada en su interior. Rodearon aquellas ruinas y siguieron por el camino. Dejaron atrás algún que otro banco de piedra, estatuas de mármol blanco e, incluso, llegaron a subir por unas escalinatas de piedra. Tal y como había dicho Willy, tiempo atrás todo aquello había sido un hermoso jardín por el que pasear. Sin embargo, ahora estaba cubierto por enredaderas y maleza, como si nadie se hubiese ocupado de aquello en cien años.

—Fijaos en esas flores de allí —dijo Willy, señalando una zona en la que distintas flores de colores se abrían paso entre las enredaderas—. Esto tuvo que ser un lugar muy bonito.

—¡Esos arbustos tienen bayas! —exclamó Trotuman, que ya estaba relamiéndose—. ¿Serán comestibles?

—Ten cuidado —le advirtió Willy—. Algún día algo te va a sentar mal. Ya lo verás...

Pero la advertencia de su amigo llegó tarde. Trotuman no pudo resistirse a su impulso y se llevó un puñado de bayas moradas a la boca. Como no había desayunado, le supieron a gloria.

—**¡Están deliciosas!** —aseguró, chupándose los dedos—. ¡Tienen un sabor parecido a las moras! Probaré estas de color rosa.

Después de las rosas vinieron las azules, y después las amarillas, y las rojas... Willy, Vegetta y Vakypandy contemplaron a su amigo con la boca abierta. Pasado un rato, cuando vieron que comía sin que nada malo le pasase, sus estómagos rugieron. Ellos también tenían hambre. El hecho de ver a Trotuman comiendo con tanta ansia les había abierto el apetito. Y, sin pensarlo dos veces, se lanzaron también ellos a por las bayas.

Estaba Vegetta a punto de introducirse el primer puñado en la boca, cuando Trotuman se llevó las manos a la tripa, se tiró al suelo y comenzó a gemir. Inmediatamente, los amigos apartaron las manos de los arbustos y, alarmados, se acercaron a interesarse por él.

—Te lo dije.

Entonces, los gemidos de Trotuman se transformaron en risas, y las risas en carcajadas.

—¡Habéis picado! ¡Habéis picado! —gritaba Trotuman, sin parar de reír.

—Eso no ha tenido ninguna gracia —protestó Vakypandy.

—Está bien —aceptó Trotuman, tratando de ponerse serio—. ¿Quién se toma demasiado en serio la comida ahora?

Una vez hechas las paces, los amigos disfrutaron tranquilamente de un buen festín a base de bayas de diferentes colores. Eran dulces y muy sabrosas. El zumo que había en su interior invitaba a comerlas sin parar, como si fuesen palomitas de maíz. Eso hicieron, hasta que Trotuman se detuvo y se quedó con la mirada perdida en ninguna parte.

—Me encuentro raro...

—¡Ah! Ahora sí que no me la cuelas —dijo Vakypandy, comiendo las bayas a puñados.

—En serio, noto un cosquilleo en mi interior. Es algo extraño. No sabría cómo describirlo.

Trotuman hizo ademán de señalarse las piernas con las manos y tuvo la impresión de que estas se le caían al suelo. De hecho, casi se le paró el corazón al ver que sus manos estaban en el suelo. Respiró al ver que no se habían separado de los brazos; el problema era que estos se habían estirado como dos chicles. ¡Parecían de goma!

—¿Qué me está pasando?

Los demás escupieron las bayas que tenían en la boca, pero ya era demasiado tarde. Habían tragado bastantes y sus efectos no se hicieron esperar. A Vakypandy se le hinchó la cabeza como un globo. Gracias a sus cuatro patas pudo mantenerse en pie. De lo contrario, habría tenido que ir con ella a rastras. A Vegetta, por su parte, comenzó a crecerle el pelo en la cabeza y se volvió de un llamativo color amarillo. ¡Parecía una estrella de rock! Willy tuvo menos suerte, sus pies empezaron a aumentar de tamaño desproporcionadamente.

—Menos mal que esto es solo un bosque —se consoló—. Si llegamos a cruzarnos con la Hidra de siete cabezas ahora, no sé cómo podría escapar de ella.

—**Ezpedemoz...**

¿Pedo... qué...? —Vegetta se calló. Además de su pelo, también le había crecido la lengua tanto que no podía ni hablar—.

Ezpedemoz que loz efeztoz pazen pdonto...

No tuvieron más remedio que seguir adelante a duras penas. Vegetta lideraba el grupo. Al fin y al cabo era quien tenía menos dificultades para caminar, pues se había recogido su larga melena de roquero en un moño. Willy apenas podía levantar unos milímetros sus pies y Vakypandy tenía serias dificultades para mantener su cabeza erguida. Trotuman arrastraba sus brazos, intentando que nadie le pisara.

—**¡AY!** —se quejó al recibir el pisotón de un pie gigante—. **¡Mira por dónde andas!**

Willy, que bastante tenía con su problema, cogió los larguísimos brazos de Trotuman y los ató sobre su cabeza formando algo parecido a un moño.

—Ya vais conjuntados —dijo, señalando a Vegetta. Todos rieron, incluido Trotuman.

Después de mucho esfuerzo llegaron a la entrada del famoso castillo. Las paredes de piedra, las ventanas y las puertas, los torreones... Todo estaba cubierto por enredaderas y maleza.

—Esto está tan abandonado que da miedo —murmuró Willy, agachándose para coger aire. Estaba agotado.

Vegetta se adelantó y empujó la puerta principal del castillo. Esta se abrió, pero en lugar de un chirrido se oyó un potente rugido.

—¿Habéis oído ESO? —preguntó Trotuman asustado.

—Como para no oírlo —contestó Vakypandy—. Con estas orejotas oigo hasta vuestros pensamientos.

—¿Será algún tipo de alarma? —aventuró Trotuman.

—No lo creo —contestó Willy—. Salvo que Vegetta nos diga lo contrario, no creo que en el castillo de la bella durmiente hubiese alarmas. Además, ese rugido ha sonado tan real...

—Lo mejor que podemos hacer es encontrar ese huso mágico y salir de aquí cuanto antes —afirmó Vegetta.

El grupo se adentró en lo que parecía el recibidor o una amplia antesala del castillo, aunque más bien se asemejaba a la selva. Plantas de hojas enormes cubrían el mobiliario y las enredaderas se habían enroscado en las armaduras y en las barandillas de las escaleras. De las lámparas colgaban lianas y, por supuesto, había más arbustos con las mismas bayas que habían comido en el camino. A pesar de todo, lo que más llamó su atención fueron las personas que encontraban a su paso. Parecían estatuas de cera. Según les explicó Vegetta, cuando la princesa se pinchó en el dedo con el huso, una maldición provocó que todos los habitantes del castillo quedasen dormidos.

—Detecto movimiento —indicó Vakypandy, aguzando el oído—. Viene de aquella zona, a la derecha.

A los pocos segundos, un montón de chillidos invadieron el lugar. Un grupo de monos y orangutanes se desplazaban a gran velocidad por las lianas.

—Es como si estuviesen huyendo de algo...

Las palabras de Trotuman quedaron ahogadas por un nuevo rugido como el que habían oído al entrar en el castillo.

—**¡Ya lo creo que huyen!** —gritó Vakypandy, señalando la dirección de la que venían los monos—.

¡Y nosotros también deberíamos hacerlo!

Entre la vegetación apareció la enorme silueta de un tigre de bengala. Era impresionante, con su característica tonalidad anaranjada y las franjas negras que recorrían su pelaje. Mantenía fríamente la mirada clavada en los cuatro amigos.

—¡Es SHERE KHAN! —dijo Vegetta—. ¡El enemigo de MOWGLI en EL LIBRO DE LA SELVA!

—No sé quién es ese tal Miguel —contestó Trotuman—. Lo que sí sé es que ahora mismo su objetivo somos nosotros. **¡CORRED!**

—**¡Eso es muy fácil decirlo!** —protestó Willy, que apenas podía moverse con sus gigantescos pies.

Trotuman dio un salto y se subió a lomos de Vakypandy. El nudo de sus largos brazos serviría para sostener la cabeza de su amiga. Vegetta ayudó a Willy como buenamente pudo y juntos se dirigieron a las escaleras lo más rápido posible, mirando con preocupación cómo Shere Khan recortaba la distancia que los separaba.

—**¡Rápido! ¡Por aquella puertecita de allí!** —indicó Trotuman.

—**¡Por ahí no pasa mi cabeza!** —se quejó Vakypandy.

—Pues haz algo. **¡Haz algo!**

166

—¡Agárrate de esa liana que cuelga del techo!
—le indicó Vakypandy.

Trotuman no se lo pensó dos veces. Deshizo el nudo
de sus brazos con rapidez y los impulsó en aquella
dirección. Consiguió agarrarse a la gruesa planta
trepadora que le había señalado Vakypandy mientras
su amiga plantaba cara al tigre. Los ojos de Vakypandy
brillaron más que nunca y su magia hizo que Shere
Khan saliese despedido por los aires. El animal quedó
inconsciente tras golpear con la pared del fondo.

—**¡JA!** **¡Ese gatito no iba a poder conmigo!**

—dijo—. Venga, Trotuman, ya puedes bajar.

¿TROTUMAN?

Vakypandy alzó la mirada y vio que su amigo tenía problemas. Lo que en un principio parecía una enredadera, resultó ser la serpiente gigante KAA. Había atrapado a Trotuman, enroscándose en su cuerpo, y trataba de hipnotizarlo con sus ojos. Al parecer, lo estaba consiguiendo. Trotuman tenía la mirada perdida, como cuando se le caía al suelo la última patata frita del plato.

—**¿Será posible?** **Siempre me toca rescatarle...**

Vakypandy miró a su alrededor. Todos los muebles y cuadros que había en aquella estancia estaban cubiertos de plantas, pero ella buscaba una en particular. Afortunadamente la encontró en un rincón. Allí crecía el arbusto de las bayas de colores.

Observó a Trotuman y no le gustó lo que vio.
Había que darse prisa. Kaa estaba a punto de zamparse a su amigo.

¡TENÍA QUE EVITARLO!

Vakypandy corrió hasta donde estaba el arbusto casi arrastrando la cabeza. Recolectó tantas bayas como pudo y, cuando ya tenía un buen montón, esperó el momento oportuno. Sintió un escalofrío cuando vio que Kaa abría la boca, pero reaccionó con rapidez. Un chispazo de magia bastó para hacer que todas las bayas que había cogido terminasen en la boca de la serpiente.

Aunque fueron unos instantes angustiosos, los efectos no tardaron en producirse. Los ojos de Kaa se hincharon como balones de fútbol y su largo cuerpo se redujo tanto que, por un instante, Vakypandy creyó que se había transformado en un gusano guasón.

—¿Qué ha pasado? —preguntó Trotuman cuando volvió en sí—. ¿Me he perdido algo?

Vakypandy arqueó las cejas.

—Si tú supieras...

—¡Mídalos! ¡Ahí eztán! —exclamó Vegetta, que acababa de aparecer por una puerta lateral—. Nozotdoz pdeocupadoz pod vozotdoz y aquí eztáiz, chadlando tdanquilamente.

Pod zi no oz habíaiz dado cuenta, tenemoz una mizión que cumplid.

El rostro de Vakypandy se encendió como una bombilla de color rojo, pero prefirió callarse. Si Willy se hubiera enterado de que Trotuman había estado a punto de ser devorado por una serpiente gigante, probablemente le habría dado un patatús.

—Menos mal que hemos dado con el huso —dijo Willy cuando apareció. Sus gigantescos pies seguían siendo un incordio para caminar—. Estaba en un cuarto cerrado con llave. Teníais que haber visto la patada que he dado. **¡He tirado abajo la pared entera!**

—No sé qué les parecerá eso a los dueños del castillo —comentó Trotuman.

—Si ya tenemos el huso, yo recomendaría salir de este lugar cuanto antes —añadió Vakypandy—. No sé cuánto tardará en volver en sí ese tigre, pero, cuando lo haga, apuesto a que estará muy enfadado.

Los amigos abandonaron el castillo por donde habían entrado. En el exterior, varios monos practicaban el lanzamiento de *frisbee* con las vajillas que habían sacado del comedor. Otro, más creativo, aporreaba con dos cucharones una improvisada batería a base de cazuelas y ollas. Los pobres habitantes del castillo tendrían que comer directamente de la bandeja cuando despertasen. Pero eso ya no sería su problema. Ellos ya tenían la caracola de la sirenita y el huso de la bella durmiente, aunque aún debían hacerse con un tercer objeto: la flauta del flautista de Hamelin.

—¿Cómo vamos a llegar hasta el territorio de ese cuento? —preguntó Willy—. Con mis pies podríamos tardar días. Tal vez semanas...

—Desgraciadamente, no sabemos cuánto tiempo durarán los efectos de esas bayas —dijo Trotuman.

—¿Y si son permanentes? —aventuró Vakypandy—. ¡No quiero tener esta cabeza para siempre!

—Tranquila, algo se nos ocurrirá —respondió Willy.

—Ez un buen momento pada llamad al genio ezcadlata.

Vegetta se disponía a acariciar el anillo, cuando ante ellos apareció una mujer mayor. Se la veía bastante desorientada, como si llevase deambulando por aquellos bosques varios días. No paraba de murmurar para sí misma: «Catástrofe. Esto es una catástrofe».

—¿Podemos ayudarla en algo, señora? —preguntó Willy.

La mujer se sobresaltó al ver a los cuatro amigos. Bajo los efectos de las bayas, lo cierto era que su aspecto podía asustar a cualquier persona.

—¡El zapato de cristal de Cenicienta ha desaparecido! —exclamó desesperada—. ¡Sin él, el príncipe nunca podrá encontrarla! **¡Es una catástrofe!**

Vegetta supo al instante quién era aquella mujer: el HADA MADRINA del cuento de la CENICIENTA. Como a él le costaba bastante hablar, fue Willy quien hizo un pequeño resumen de todo cuanto había sucedido en el Reino de los Cuentos. También le explicó su encuentro con Merlín y el encargo que este les había hecho.

—Desgraciadamente, vamos a tener serias dificultades para hacernos con el tercer objeto —reconoció Willy—. No sabemos cuándo terminará el efecto de las bayas mágicas y recuperaremos nuestro aspecto normal.

—¡AH! ¿Así que no sois así en realidad?

Willy y Vegetta abrieron los ojos como platos. El hada madrina sacó su varita mágica de una de las mangas de su vestido y con un alegre cántico hizo que sus cuerpos volviesen a la normalidad.

—Ahora, necesitáis un medio de transporte —murmuró pellizcándose el labio, pensativa, mientras buscaba algo a su alrededor que pudiera servirle—. ¡Ajá! Eso podría ser un apaño. Me gustan más las calabazas, pero...

Entre tanta vegetación, habían brotado unas cuantas sandías. El hada madrina sacudió su varita y, unos segundos después, había transformado una de ellas en una carroza.

—**¡ES INCREÍBLE!** —dijo Trotuman, que más que una carroza veía una sandía de enormes proporciones.

—Me hubiese gustado hacerla más bonita, pero con las prisas... —se excusó la mujer—. Por lo menos es dulce y fresca. Ahora solo falta alguien que tire de ella.

El hada dirigió su mirada a Trotuman y Vakypandy. Fue la mascota de Willy quien se percató de sus intenciones.

–¡NI HABLAR!

Gracias a que un plato de la vajilla del castillo estuvo a punto de darle en la cabeza al hada madrina, esta cambió de idea. Un par de monos servirían igualmente para su propósito. Y en un abrir y cerrar de ojos, los transformó en corceles.

UNA FLAUTA
DE MENTIRIJILLAS

Los amigos recorrieron varios territorios del Reino
de los Cuentos montados en la carroza que les había
proporcionado el hada madrina. En realidad, Willy
y Vegetta se encargaron de dirigirla desde la parte
frontal, mientras Trotuman y Vakypandy descansaban
en el interior del vehículo. Trotuman no pudo evitar la
tentación de ir arrancando unos pocos bocados de la
sandía gigante. Tal y como había dicho el hada madrina,
estaba dulce y fresca. Para cuando se detuvo la carroza,
la mascota de Willy había abierto un enorme hueco en la
parte superior.

—¿Hemos llegado? —preguntó Vakypandy, asomándose
por ese agujero.

—No —contestó Willy—. Me temo que tendremos que
seguir a pie desde aquí.

—De todas formas, según el mapa, no debemos de andar lejos de la región por la que se mueve el flautista de Hamelin.

—Eso en caso de que ese flautista no haya decidido irse de turismo por otros territorios, ¿no? —comentó Trotuman.

—También es verdad. Esperemos que la suerte nos sonría y todavía siga por esta zona.

—**Mirad, allí hay alguien** —señaló Vakypandy—. Tal vez podamos preguntar.

En un claro, junto a un riachuelo, había cuatro personas sentadas en el suelo sobre un pequeño mantel a cuadros. A Trotuman se le iluminó la cara al pensar que estaban de pícnic, aunque no tardaron en descubrir que estaban jugando a las cartas. Eso sí, tenían una buena colección de dulces y caramelos sobre el mantel.

Al acercarse, Vegetta identificó a algunos de los que allí se encontraban. Fue fácil reconocer a Pinocho, con su cuerpo de madera y su nariz respingona. También estaba allí una criatura menuda y con alas, vestida con ropa elaborada a base de hojas y ramitas. Cada vez que agitaba sus alas, dejaba un rastro de polvos dorados. Vegetta estaba seguro de que era Campanilla. En cuanto a los otros dos, un niño y una niña, por su parecido físico parecían hermanos.

—Hola —saludó Vegetta.

—Hola. Yo soy Gretel —dijo la niña, que tenía aspecto simpático. Inmediatamente presentó a los demás—. ¿Os apetece jugar?

Estaba claro. Vegetta se preguntó cómo no había adivinado que se trataba de Hansel y Gretel. Los caramelos eran una buena pista. En cualquier caso, no tenía mayor importancia.

—Nos encantaría, pero tenemos trabajo que hacer —se excusó Vegetta—. ¿Sabéis si por casualidad se encuentra cerca de aquí el flautista de Hamelin?

Campanilla iba a decir algo, pero se le adelantó Pinocho.

—¡Sí! Lleva toda la mañana dando la lata con esa flauta. **¡Ya me duele la cabeza!**

Fue Trotuman quien se dio cuenta del cambio.

—¡Oye! **¡Te acaba de crecer la nariz!**

—Oh, es algo habitual en él —aseguró Hansel—. Cada vez que hace trampas y le pillamos, él lo niega y le crece la nariz.

—Yo no he hecho trampas en mi vida —negó Pinocho, al tiempo que le crecía otro poco la nariz.

—**¡Caray!** —exclamó Vakypandy, divertida—. Si sigues así, vas a terminar pareciendo un pez espada.

Todos rieron a carcajadas.

—Es cierto que escuchamos el sonido de una flauta, pero fue hace ya bastante tiempo —apuntó Campanilla—. Era una melodía bastante agradable.

—Gracias —dijo Willy—. ¿Sabrías decirnos de qué dirección venía?

—Pues yo diría que...

Campanilla se calló, pues, en aquel preciso instante, se oyó a lo lejos la dulce melodía de una flauta. Su sonido venía claramente de algún lugar situado al norte de su posición. Los amigos se disponían a despedirse cuando Hansel y Gretel se pusieron en pie y, sin decir nada, se dirigieron caminando hacia la música.

—Sois muy amables, pero no hace falta que nos acompañéis —advirtió Willy.

Los dos muchachos ignoraron sus palabras y siguieron avanzando despacio, con la mirada perdida.

—**¿Qué pasa con la partida de cartas?** —preguntó Campanilla.

—**¿Y con los caramelos?** —añadió espontáneamente Trotuman.

—Por los caramelos no os preocupéis. Os los guardaremos hasta que volváis —se apresuró a aclarar Pinocho, haciendo que su nariz creciese un poco más.

Willy y Vegetta decidieron seguir los pasos de los dos hermanos. Su comportamiento era bastante extraño. La melodía de la flauta se escuchaba con mayor claridad a medida que se acercaban a ella.

Divisaron movimiento a unos doscientos metros de distancia. Una persona comandaba la marcha y una extensa multitud seguía sus pasos. Hansel y Gretel parecían dispuestos a unirse a ellos sin dudarlo. Willy y Vegetta decidieron acercarse con cuidado. Finalmente pudieron distinguir al hombre que iba en primer lugar tocando aquel instrumento. Vestía unos ropajes de vivos colores y un sombrero ligeramente caído. Vegetta se fijó en todos los que le seguían. Eran niños. Fue entonces cuando cayó en la cuenta de lo que ocurría.

—OH, NO —suspiró.

—¿Qué sucede? —preguntó Willy—. Supongo que el que toca la flauta es EL FLAUTISTA DE HAMELIN, ¿no?

Vegetta asintió, pero se había quedado completamente pálido. Vakypandy y Trotuman se acababan de unir a ellos con Campanilla revoloteando a sus espaldas. Pinocho permaneció atrás, probablemente zampando todos los caramelos que habían dejado.

—No conocéis el cuento del flautista de Hamelin, ¿verdad? —preguntó Vegetta, al tiempo que recibía una negativa por respuesta—. Cuenta esa historia que la ciudad estaba invadida por las ratas.

—¡Qué asco! —dijo Campanilla.

—Eso mismo opinaban sus habitantes —asintió Vegetta—. Un buen día, apareció por allí un desconocido que se ofreció a limpiar la población de estos desagradables roedores, y los ciudadanos acordaron pagarle una recompensa si lo hacía. El hombre sacó una flauta y comenzó a tocar una melodía. Su música debía de ser mágica, pues hizo que todas las ratas de la ciudad saliesen de sus escondrijos y le siguiesen sin rechistar. El flautista abandonó Hamelin con aquellos desagradables animales pisándole los talones, tal y como había acordado, y los llevó hasta un río.

»El hombre regresó entonces a la ciudad para cobrar la recompensa que le habían prometido. Sin embargo, sus habitantes se negaron a pagarle.

—¡Vaya cara más dura! —explotó Trotuman—. ¿Y qué hizo él? Porque imagino que no se quedaría de brazos cruzados... ¿Volvió con las ratas?

—Me temo que no, Trotuman —añadió Vegetta—. Su venganza fue mucho peor... Comenzó a tocar su flauta mágica una vez más, pero en aquella ocasión fueron los niños quienes, hipnotizados por su música, siguieron sus pasos sin que sus padres pudiesen hacer nada por evitarlo.

—¿Y qué fue de los niños? —preguntó Willy, horrorizado.

—Nunca más se supo de ellos.

—**¡NO PUEDE SER!**
—exclamó Campanilla.

El silencio que siguió solo se vio interrumpido por la cancioncilla que tocaba el músico a lo lejos.

—¡Eso explica que Hansel y Gretel se hayan ido sin más! —alertó Vakypandy—.

¡Están bajo el hechizo de ese flautista!

—Pero ¿crees que todos esos son los niños desaparecidos del cuento? —murmuró Trotuman.

—Tiene toda la pinta, sí —reconoció Vegetta.

—**¡Tenemos que hacer algo para salvarlos!**
—dijo Vakypandy—. Por muy mal que se comportasen sus padres, no podemos permitir que suceda una cosa así.

Willy y Vegetta asintieron.

—Será mejor que sigamos sus pasos para no perder el rastro —propuso Willy—. Ya se nos ocurrirá algo para detenerlo...

—Y hacernos con su flauta, no lo olvidéis —les recordó Vegetta—. Esa es la cuestión que nos ha traído hasta aquí.

¿A qué misterioso lugar conducía a los niños el flautista de Hamelin? ¿Acaso pretendía llevarlos a un río, como a las ratas? ¿Los encerraría en algún tipo de mazmorra? Vegetta sacudió la cabeza. Había muchas versiones del cuento y los finales variaban. En cualquier caso, ¿qué más daba adónde los llevase? **Debían detenerlo y proteger a los pequeños.**

—¿Y si empleásemos su mismo sistema? —propuso Trotuman.

—¿A qué te refieres?

—Ya sabéis que se me da bien la música... Podría tocar un instrumento. Seguro que atraería la atención de todos esos niños.

—Se te olvidan un par de detalles —comentó Vakypandy—. En primer lugar, no tienes instrumento. Y, en el caso de que consiguieses uno, la flauta de ese tipo es mágica. Por eso nos la pidió Merlín.

—Me temo que Vakypandy está en lo cierto —reconoció Willy.

—El polvo de hadas podría dotar de magia a un instrumento —aseguró de pronto Campanilla—. Aunque eso no soluciona lo primero.

—¿Crees que el genio escarlata podría proveernos de un saxofón? —preguntó Trotuman, dirigiéndose a Vegetta—. Eso sí, no se te ocurra decirle que por aquí podría haber ratas, porque igual tiene miedo y no sale.

Para el pequeño genio no supuso ningún problema hacer aparecer un precioso saxofón dorado. De hecho, le pidió a Vegetta si podía quedarse a escuchar un rato.

—En el interior del anillo suele haber mucho silencio y no tengo muchas oportunidades para mover el esqueleto —explicó.

—¡Claro! Por mi parte no hay ningún inconveniente en que te quedes —dijo Trotuman. Acto seguido, se acercó al genio escarlata y le susurró al oído—: Ya hablaremos más adelante del precio de la entrada.

Trotuman acarició el saxo y sintió un cosquilleo en su interior. Era algo que le sucedía habitualmente cuando tenía un instrumento musical en sus manos, aunque sentía una debilidad especial por el saxofón y la batería. Comenzó a tocar y su alegre melodía llenó sus oídos. Sin embargo, aún faltaban un par de detalles por completar. Campanilla batió sus alas sobre el instrumento y Vakypandy empleó su magia para que la música de su amigo llegase sin problemas a los niños.

El grupo se puso en marcha al son de las primeras notas de Trotuman, siempre siguiendo los pasos del flautista de Hamelin. Cuando estuvieron suficientemente cerca, vieron que los niños parecían dudar si seguir a uno o a otro. Esto animó a la mascota de Willy, que tocó con más brío. El flautista, al ver que había otro músico haciéndole la competencia, aceleró el paso y el ritmo de su música. Pronto, los niños corrían tras él en vez de caminar.

—**Esto no está funcionando** —murmuró Vakypandy.

El genio escarlata trató de ayudar a Trotuman haciendo aparecer un par de maracas, pero aquello no rompió el hechizo del flautista de Hamelin. Era demasiado poderoso.

—**¿Qué podemos hacer?** —preguntó Willy.

—No lo sé, pero cuanto más se alejen, peor —contestó Vegetta.

Una sencilla mirada bastó a los dos amigos para saber cómo debían actuar. Inmediatamente después, se pusieron en marcha.

Corrieron tan rápido como pudieron y se unieron al grupo de niños que seguía los pasos del flautista. Poco a poco ganaron metros hasta colocarse los primeros de la larga fila. Entonces, los dos se abalanzaron sobre él. Willy se colgó de su espalda, mientras Vegetta le hacía cosquillas bajo los brazos.

—**¡Qué tío!** —exclamó Vegetta—. No es que no suelte la flauta... **¡Es que no para de tocar!**

—**¡Sí!**

¡Empiezo a estar cansado de esta musiquita! —protestó Willy, tratando de arrebatarle el instrumento desde atrás.

Vegetta hizo lo propio desde delante. A pesar de que el protagonista del cuento era bastante más alto que él, dio un brinco y agarró la flauta con todas sus fuerzas. En el mismo instante en el que Vegetta gritaba «¡La tengo!», la mala suerte quiso que esta se partiese por la mitad. Como es lógico, el hechizo se deshizo de inmediato y los niños quedaron liberados.

—¡QUÉ HABÉIS HECHO!
—exclamó el flautista de Hamelin.

—Eso mismo digo yo —replicó Vegetta—. ¿Qué hemos hecho?

Los dos se quedaron contemplando las dos mitades de la flauta. Era un instrumento alargado y muy delicado. ¿Cómo no habían caído en la cuenta de que podían romperlo si lo trataban con brusquedad?

—¿Y si lo pegamos?
¿Crees que Merlín se dará cuenta?

La mirada de Vegetta lo decía todo. Claro que se daría cuenta. Merlín no tenía un pelo de tonto. ¡Y eso que tenía muchos pelos!

—Si le pedimos al genio...

—Yo ya he tenido bastante música por hoy —dijo el genio, interrumpiendo las palabras de Trotuman—. Creo que será mejor que me vaya a descansar.

—¿Y si fabricamos una nueva flauta?

—propuso Vakypandy—. Con el polvo de hadas de Campanilla haríamos que fuese mágica.

—El problema es que no encontraremos una madera lo suficientemente fina, larga y rígida para construir una idéntica —rechazó Vegetta.

—**A mí se me ocurre una idea** —interrumpió Trotuman—. Seguidme.

Los amigos dejaron atrás a un enfadado flautista de Hamelin, pero no sintieron ninguna pena por él. Su opinión no había cambiado: nada le daba derecho a haber apartado a los niños de sus padres. Con esta convicción, siguieron los pasos de Trotuman, quien les guio hasta el lugar donde aún aguardaba Pinocho.

—¿Qué tal, Pinocho? —saludó Trotuman—. ¡Cuánto tiempo sin verte! Veo que te has comido todos los caramelos...

—¡Yo no he sido! ¡Han sido los pajaritos del campo!

—respondió Pinocho. Su nariz creció un poco.

—Ya veo... Y supongo que no se te habrá ocurrido mirar las cartas de tus compañeros mientras no estaban...

—Por supuesto que no —dijo Pinocho, provocando un nuevo alargamiento de su nariz.

Willy y Vegetta sonrieron al comprender lo que pretendía Trotuman. Era verdaderamente ingenioso.

—¿Y ese as que guardas en la manga?

—¡Ah! No sé cómo habrá llegado ahí...

Para cada pregunta que le formulaba la mascota, el muñeco tenía una mentira por respuesta. De modo que, en pocos minutos, su nariz ya medía treinta o cuarenta centímetros. Era fina, larga y rígida, tal y como había pedido Vegetta. Bastó un corte limpio y un poco de magia de Vakypandy para tener una flauta idéntica a la del flautista de Hamelin. Los polvos de hada de Campanilla hicieron el resto.

—¡OYE! ¿Pero qué haces?

—protestó Pinocho—. Mi nariz es la fuente de toda mi fuerza, ¡si la tuviera os pegaría una buena paliza! ¡De la que os habéis librado!

Y la nariz comenzó a crecer de nuevo. Pronto volvería a estar igual que siempre.

—¡Bravo, Trotuman! —le felicitaron todos—. **¡Ha sido una idea brillante!**

Trotuman no pudo evitar la tentación de probarla y sopló por la boquilla. Al instante sonó una dulce melodía, idéntica a la que tocaba el flautista.

—¡Bravo! ¡Bravo! ¡Bravo! —exclamó una voz grave al compás de unos sonoros aplausos.

Willy y Vegetta se dieron la vuelta. A pocos metros de ellos estaba el Capitán Garfio acompañado por los cuarenta ladrones.

—Vaya —murmuró Trotuman mirando el improvisado instrumento—. Parece que el cuento no mentía: hemos atraído a un montón de ratas...

—Tengo entendido que habéis estado muy ocupados últimamente —dijo Garfio. Al ver que ninguno de los presentes hablaba, prosiguió—: Por lo que me han informado, tenéis unos objetos que me pertenecen.

—**¡No tenemos nada tuyo!** —replicó Vegetta.

—**¿Ah, no?** Veamos si es cierto lo que dices. Registradlos —ordenó Garfio, haciendo una señal a los ladrones—. Después vendréis a dar un paseo conmigo.

—**¿Y si no queremos?** —preguntó Trotuman en tono bravucón.

—Me temo que no es una petición —respondió Garfio—. **ES UNA ORDEN.**

—Si no me hubierais cortado la nariz le habría dado una buena paliza. Pero, visto lo visto, lo dejaremos para otro día.

Dicho esto, Pinocho salió corriendo de allí, dejando a los amigos en manos del capitán y los ladrones.

El Capitán Garfio condujo a los cuatro amigos a la cueva escondida en el desierto. Los encadenó a pocos metros de donde estaba prisionero Merlín. Estaban lo suficientemente lejos como para que el hechicero no pudiese intentar nada (o eso creía Garfio), y lo suficientemente cerca como para poder verse las caras y hablar. El gesto de Merlín lo decía todo.

—¿Conseguisteis alguno de los objetos que os pedí?

—Todos —respondió Willy con orgullo.

—¡Eso es fantástico!

—afirmó satisfecho Merlín—. ¿Dónde los escondisteis?

Willy y Vegetta apartaron la mirada del mago y dirigieron sus ojos al techo, al suelo... En realidad, no sabían dónde mirar.

—Bueeeno...

—No me iréis a decir que llevabais todos los objetos encima cuando os atraparon, ¿verdad? —insistió Merlín—. Decidme que los fuisteis ocultando en un lugar seguro a medida que os ibais haciendo con ellos...

—¿Dónde se suponía que los íbamos a esconder? —preguntó Trotuman.

—Además, teníamos que traerlos aquí —se justificó Vegetta.

Merlín sacudió la cabeza con pesar.

—Le habéis entregado a Garfio en bandeja el Reino de los Cuentos

—suspiró—.

Ya no hay nada que podamos hacer.

—De todas formas, no todo está perdido. Hay que mirar el lado positivo —comentó Willy—. Ahora tenemos todos los objetos en la cueva y, como tú puedes escapar en cualquier momento...

—Me temo que eso ya no es posible —reconoció
Merlín. Este les enseñó sus muñecas, sujetas por unos
brazaletes azulados que emitían destellos mágicos—.
Poco después de marcharos vosotros, ese espejo
chivato le dijo a Garfio que me había visto librarme de
mis grilletes. Garfio hizo que el genio de la lámpara me
pusiese otros a prueba de hechizos. Ahora, escaparse de
esto son palabras mayores.

—**¡Pero si eres muy poderoso!**
—exclamó Vegetta.

—Los encantamientos de los genios también lo son
—aclaró Merlín—. Necesitaría un libro de magia muy
avanzada para encontrar el contrahechizo adecuado y
eso es imposible ahora mismo. En estas circunstancias,
solo un genio podría deshacer esto. Me temo que Garfio
ha estado muy hábil en esta ocasión... O ha tenido
suerte.

—**¿Has dicho un genio?**
—preguntó Willy—.
¿Te refieres a cualquier genio o al mismo que te lanzó
ese hechizo?

—¿Qué más da eso ahora?

Merlín estaba más pendiente de lo que hacía Garfio. El pirata estaba disponiendo todos los objetos que ya tenía en su poder sobre una mesa dorada que había colocado frente al espejo mágico: el zapato de cristal de Cenicienta, la caracola de la sirenita, la manzana roja de Blancanieves, el huso de la bella durmiente, la flauta del flautista de Hamelin... ¡Los tenía absolutamente todos!

—Respóndeme, es importante —dijo Vegetta, devolviendo a Merlín a la realidad—. Da la casualidad de que podemos invocar a un pequeño genio...

—¿Cómo dices?

Vegetta acarició el anillo como toda respuesta y el genio escarlata apareció una vez más.

—**¡Vaya! ¡Cuánto oro!** —exclamó—. Os ha tocado el premio gordo, ¿eh? Con esto ya no tenéis necesidad de pedir más deseos. Digo yo que podríais darme la libertad.

—**¡Mira el listillo este!** —murmuró Trotuman—. Pues va a ser que no. A ti te toca trabajar, como a todos nosotros.

—Pues yo os veo muy a gusto, sentaditos...

Vegetta le explicó al genio la situación comprometida en la que se encontraban. Había que detener al Capitán Garfio, pero, en primer lugar, debían liberar a Merlín. Al genio escarlata le cambió el rostro cuando Vegetta le reveló que había sido el genio de la lámpara quien había apresado al viejo mago.

—Esto se pone interesante —comentó—. Desgraciadamente, no puedo liberar a Merlín.

—**¡Pero si eres UN GENIO!** —replicó Vakypandy.

—Es cierto, pero de inferior categoría —explicó—. Si derrotase al genio de la lámpara, podría ocupar su lugar y, entonces sí, liberar a Merlín.

—¿Y es posible hacerlo? —preguntó Vegetta, no sin cierto asombro.

—La verdad es que sí... —reconoció el genio escarlata—. Él lo hizo en una ocasión y me echó de allí. Os estoy muy agradecido por brindarme esta oportunidad. Así que, si queréis que me enfrente al genio de la lámpara, no tenéis más que pedirlo.

—En ese caso...

¡ENFRÉNTATE A ÉL!

—Tus deseos son órdenes, mi amo

—dijo, haciendo una solemne reverencia.

A diferencia de cualquier persona normal y corriente, él no tenía necesidad de frotar la lámpara maravillosa para llamar a su superior. Al parecer, entre genios la comunicación era muy distinta. Cuando el genio escarlata se acercó hasta la mesa donde reposaba la famosa lámpara, le bastó un animado baile para hacer que un denso humo saliese de esta.

Garfio contempló atónito la escena.

—¿De dónde ha salido este minigenio? ¿Y por qué está haciendo esos movimientos tan ridículos? —preguntó, aún sin salir de su asombro.

El genio escarlata le dirigió una mirada enfurecida.

—**Tú, a callar** —ordenó. Con un chasquido de sus dedos, cerró la boca de Garfio con una cremallera—. **Te voy a dar minigenios yo...**

El habitante de la lámpara maravillosa era, desde luego,
mucho más grande que él, tenía aspecto musculoso y
su piel era de una tonalidad verdosa. Vestía un chaleco
plateado, un pantalón bombacho, un turbante blanco
y un par de brazaletes de oro en ambas muñecas. Lo
miraba con unos ojos amenazantes.

—¿Qué haces por aquí, pequeñín? —saludó el genio de la lámpara.

—Vengo a recuperar lo que es mío —respondió el genio escarlata, cruzado de brazos.

—Creo que te equivocas. Aquí ya no hay nada tuyo.

—Eso está por ver.

Dicho esto, dio comienzo el singular duelo. En un
visto y no visto el pequeño genio se transformó en un
rinoceronte de un vivo color rojo, dispuesto a atacar.
Frente a él, el genio de la lámpara cambió su forma por
la de un enorme elefante verde.

—¡Lástima no tener unas palomitas a mano!
—se lamentaron Vakypandy y Trotuman, disfrutando del
increíble espectáculo.

Willy, Vegetta y Merlín estaban mucho más nerviosos
que las mascotas, pues sabían lo que estaba en juego.

El impacto entre el rinoceronte y el elefante hizo que temblasen las montañas de monedas de oro de toda la cueva. Trotuman se llevó instintivamente la mano a la cabeza, como si él mismo hubiese sentido el golpe, pero los grilletes se lo impidieron. Los dos genios quedaron aturdidos durante unos instantes.

Fue el genio de la lámpara quien reaccionó primero. Aprovechó que su contrincante aún andaba desubicado para transformarse en una criatura mucho más pequeña y escurridiza: una serpiente. Se acercó sigilosamente, buceando entre las monedas y sorteando obstáculos sin dificultad alguna. Cada vez estaba más cerca del genio escarlata, dispuesto a pillarle por sorpresa.

–¡A TU DERECHA!

—gritó Vakypandy, haciendo que su voz retumbase por toda la cueva.

El genio escarlata se recuperó a tiempo. Al ver que la serpiente se le echaba encima, se transformó en un halcón. Era pequeño pero muy rápido. Batió las alas con fuerza y se salvó del ataque del reptil por los pelos. Se mantuvo en el aire unos segundos, buscando a la serpiente desde las alturas. Esta se sentía vulnerable y permaneció inmóvil en su escondrijo, enroscada en la base de una estatua. La magnífica vista de la rapaz terminó por localizarla y se lanzó en picado a por ella.

La serpiente no pudo hacer nada para defenderse de las garras del halcón, quien, después de apresarla, terminó lanzándola con fuerza contra la pared. Trotuman y Vakypandy lo celebraron encantados.

—¡Con el asco que me dan las serpientes!

—dijo el genio escarlata, sacudiendo sus plumas.

El ataque del halcón no había sido definitivo. El genio de la lámpara cambió entonces su forma por la de un lobo gigante. Mostró sus colmillos amenazante y erizó el pelo de su lomo. Estaba listo para atacar.

Al ver de nuevo a su rival, el halcón descendió y se acercó a pocos metros del lobo, dispuesto a proceder a su nueva transformación. Pero, entonces, desapareció.

—¡Hacerse invisible va contra las normas del duelo de los genios! —exclamó el inquilino de la lámpara. Al no obtener respuesta, volvió a gritar—:

¡Muéstrate y enfréntate a mí, COBARDE!

El lobo estaba cada vez más nervioso. Miraba a un lado y a otro, tratando de descubrir dónde se había escondido su oponente. Su instinto le decía que no andaría lejos, pero no lo veía. Tampoco su desarrollado olfato lo captaba. ¡Era imposible!

Desesperado, el lobo se disponía a hablar de nuevo cuando le entraron unos extraños temblores. Inmediatamente después le dio un ataque de risa. Todos los presentes le miraron atónitos sin comprender lo que estaba sucediendo. Había pasado de estar enfurecido a reír sin parar.

—¿Pero qué...?
—dijo, rebozándose entre las monedas de oro y sacudiendo las patas. No podía parar de reír—.

¡Basta! **¡Para, para!** **¡Me rindo!**

Cuando el genio de la lámpara pronunció estas palabras, se oyó un chasquido y el genio escarlata apareció a su lado. Aprovechando que su oponente se había transformado en una criatura con pelo, él se había convertido en un diminuto chinche y le había derrotado a base de cosquillas.

—Esto sí que ha sido un combate *ingenioso* —apuntó Vakypandy, riéndose del juego de palabras.

Orgulloso tras haber ganado, el genio escarlata tomó posesión de la lámpara. Un siglo después, volvía a recuperar su antiguo hogar.

—Solo será un momento —dijo, y se metió rápidamente en el interior.

Quería comprobar una cosa. Efectivamente, el otro genio había cambiado la decoración del cuarto de baño y había convertido la habitación de invitados en un trastero. ¡Qué mal gusto! Casi sin recuperarse del susto, fiel a su promesa, destruyó el hechizo que mantenía prisionero a Merlín. Al verlo, Garfio se indignó e hizo gestos a los cuarenta ladrones para que lo detuviesen de nuevo.

Los ladrones obedecieron sus órdenes y corrieron hasta el lugar donde estaban Merlín y los demás amigos. El mago no había perdido el tiempo y ya había liberado de las cadenas a todos. Willy y Vegetta estaban preparados para luchar. Vakypandy y Trotuman también.

Un ruido atronador llegó a sus oídos. Inmediatamente después el túnel de acceso a la cueva se llenó de gritos de guerra. Lo primero que vino a la mente de Willy y Vegetta era que estaban rodeados. Por un lado, los cuarenta ladrones los acechaban y, ahora, otros atacantes les cerraban la única vía de escape.

¡ESTABAN PERDIDOS!

—Un momento... —dijo Trotuman, contando a los enemigos que tenían enfrente—. Si aquí hay cuarenta ladrones, ¿quién acaba de entrar en la cueva?

—¿Hemos llegado a tiempo?

—¡Campanilla! ¡Qué alegría verte! —exclamó Vegetta—. ¿Qué hacéis aquí?

—¡Hemos venido a ayudar! —aseguró Pinocho. Por primera vez, su nariz no creció ni un solo milímetro—. Pensé que necesitaríais a alguien experto en artes marciales, y.... ¡Aquí me tenéis!

Y la nariz de Pinocho creció. Al parecer, las mentiras eran algo innato en él.

Junto a Campanilla y Pinocho venían muchos otros personajes que el hada había ido reclutando por todo el Reino de los Cuentos. Vegetta reconoció a unos cuantos nada más verlos. Allí estaban los siete enanitos amigos de Blancanieves, los tres cerditos y Rapunzel con su inconfundible melena larga. También habían venido Simbad, Aladino, Hansel y Gretel y el gato con botas, entre otros. Este último iba descalzo, pues le habían robado su mágico calzado. Sin embargo, se había hecho con un par de guantes de boxeo —a saber de dónde los había sacado— y, desde entonces, se hacía llamar el Gato con Guantes. ¡Y vaya guantazos pegaba!

—¿Cómo habéis encontrado la cueva? —preguntó intrigado Vegetta.

—Gracias a un tal Alí Babá —contestó Campanilla—. Él sabía dónde estaba y la contraseña para entrar.

—Eso lo explica todo.

Los personajes de los cuentos cargaron contra los cuarenta ladrones como si se tratase de una manada de elefantes. De hecho, ¡también habían venido los elefantes de EL LIBRO DE LA SELVA! Los ladrones, horrorizados al ver lo que se les venía encima, se hicieron a un lado.

Willy y Vegetta se habían apartado también. Siempre eran los primeros en luchar por una causa justa, pero en aquella ocasión era difícil no quedarse como espectador. Estaban viviendo en primera fila la batalla más espectacular que jamás se había desatado.

Se fijaron en que a su izquierda había un chico joven, de pelo castaño y que llevaba colgado del hombro un pequeño zurrón. Estaba rodeado por tres ladrones, que lo amenazaban con sus temibles espadas.

—**¡Vamos a ayudarle!** —propuso Willy.

—Me temo que él solito se las apaña... **¡Mira!**

El joven abrió el zurrón y de él extrajo una pequeña semilla. La echó al suelo y, al instante, comenzó a brotar un enorme tallo con multitud de ramificaciones. Tres de esas ramas apresaron a los ladrones y se enroscaron en sus cuerpos, dejándolos fuera de combate.

Rapunzel soltaba increíbles latigazos con su coleta, mientras que los siete enanitos también se las habían apañado muy bien. Debían de haber hecho negocios con Alicia, la protagonista de Alicia en el país de las maravillas, porque tomaron algo que les transformó en siete gigantes. Con semejante tamaño les fue bastante sencillo atrapar a una docena de ladrones, que dejaron colgando de varias estalactitas que pendían del techo de la cueva.

Temblando, Pinocho agitaba los puños frente a un grupo de ladrones que se acercaba a él. Se había alejado del follón para esconderse, pero le habían pillado.

—¡Será mejor que no os acerquéis más! —amenazó—. ¡Puedo convertirme en una bola de fuego, y os transformaré en cenizas!

Su nariz crecía mientras los ladrones, entre risas, se acercaban poco a poco.

—¡Tengo una pistola de rayos láser! ¡Me puedo convertir en un dragón! ¡Una vez domé a un oso!

La batería de mentiras hizo que la nariz creciera tanto que los ladrones tuvieron que hacerse a un lado y, en ese momento, un grito de Hansel llamó la atención de Pinocho, que giró la cabeza súbitamente y, con un golpe certero de nariz, dejó fuera de combate a aquellos malhechores.

Campanilla se acercó hasta Willy, Vegetta y sus mascotas y los roció con polvo de hadas. Gracias a eso, los amigos comenzaron a volar y siguieron sus pasos y los de Peter Pan, que bus___ in cesar a Garfio. Pero el pirata andaba desaparecid___ aso se había escondido? ¿Estaría tramando algo?

Willy y Vegetta sobrevolaron la cueva. Vieron cómo uno de los ladrones salía despedido por los aires tras recibir un buen puñetazo del gato con guantes y aterrizaba en una montaña de monedas de oro. También vieron a Hansel y Gretel defendiéndose de sus enemigos con bastones de caramelo.

—¡Mirad! —avisó Vakypandy—.
¡Allí está el Capitán Garfio!

Garfio se había retirado a un lugar apartado. Estaba hablando con una bruja. Vegetta no llegó a distinguir de qué cuento había salido, pues había muchas. Esta era vieja, fea y, además, tenía una verruga con pelos en la nariz. Estaba seguro de que sus intenciones no eran nada buenas. A su lado estaban todos los objetos mágicos que Garfio y los ladrones habían ido robando durante los últimos días.

—¡Está tratando de hacer el hechizo para tomar el control del Reino de los Cuentos!
—advirtió Vegetta al comprender la situación.

—¡Debemos impedirlo!
—alertó Trotuman—.
¡Vamos a por él!

Los amigos descendieron en picado y aterrizaron a escasos metros de donde se encontraban Garfio y la bruja.

—¡Garfio, detente! —exclamó Willy—. ¡Esto se acabó!

—¿Y quién me lo va a impedir, si puede saberse? —replicó el capitán entre risas—. ¿Vosotros?

—NO. LO HARÉ YO.

Merlín acababa de unirse a ellos y desafiaba con la mirada a Garfio y la bruja. El gesto del pirata se tensó.

La bruja y Merlín desataron sus habilidades al mismo tiempo. Ambos alzaron los brazos y la fuerza de su magia hizo que los poderosos objetos comenzaran a flotar sobre sus cabezas. Giraron lentamente, formando una curiosa espiral, como si se tratase de una extraña danza.

Vakypandy tuvo un mal presentimiento. Al margen de la bruja y Merlín, ella era la única presente que sabía algo de magia. Los dos magos estaban practicando el mismo hechizo y sabía que solo funcionaría para el bien de uno de los dos. No sabía cuál, pero estaba segura de que la bruja tenía algún plan para jugársela a Merlín en el último instante. Por eso mismo decidió anticiparse e intervenir.

—**Dadme vuestros calcetines** —pidió Vakypandy, dirigiéndose a Willy y Vegetta.

—¿Qué? Pero si huelen fatal —protestó Willy.

—Da igual. Vosotros dádmelos. **¡Rápido!**

Extrañados, los dos amigos se quitaron los zapatos y le entregaron los calcetines. Los objetos se estaban moviendo a mayor velocidad, haciendo brotar pequeñas chispas de magia de ellos.

Vakypandy hizo una pelota con los dos pares de calcetines. Willy y Vegetta la miraron extrañados, preguntándose qué pretendía hacer. Entonces, los ojos de la mascota brillaron e hicieron volar la apestosa bola de calcetines, que se incrustó en la boca de la bruja. Esta perdió inmediatamente la concentración. Bajó los brazos e intentó sacarse aquella guarrería de encima, pero no pudo. Vakypandy no se lo iba a poner nada fácil.

Merlín aprovechó aquel momento de desconcierto para pronunciar en voz alta:

—**A la bin, a la ban,
a la bin bon ban.**

—**¡Merlín!
¡Merlín! ¡Y nadie más!**
—completó Trotuman para asombro de todos.

—**¿Te quieres callar?** —protestó Vakypandy—. ¡Vas a romper su concentración! ¡Está en un momento clave del hechizo!

—Ah, lo siento. Pensaba que necesitaba darse ánimos...

Merlín volvió a intentarlo una vez más:

A la bin, a la ban, a la bin bon ban.
Los cuentos, unidos, nunca más.
Que el agua, las nubes y el viento
devuelvan el equilibrio al Reino de los Cuentos.
A la bin, a la ban, a la bin bon ban.

Un impresionante destello de luz, más potente que el sol,
iluminó la cueva y todos quedaron cegados por él.

233

LA JUBILACIÓN
DE GARFIO

El griterío, el fragor de la batalla, los duelos
individuales... Todo el ruido que invadía la cueva quedó
de pronto ahogado en un profundo silencio. El intenso
resplandor provocado por el hechizo de Merlín había
cegado a los amigos, que quedaron aturdidos durante
unos instantes.

—Siento que la cabeza me da vueltas —murmuró
Trotuman.

—Yo también —replicó Vakypandy—. Es como si me
hubiesen metido otra vez en un barco.

—Pues te puedo asegurar que no estás en un barco
—contestó Trotuman.

—¿Cómo lo sabes? ¿Acaso ves algo?

—No veo nada, pero huelo perfectamente —afirmó
la mascota de Willy—. Olería el salitre del mar, la
humedad... Pero no, aquí huele a huevos podridos.

—¡Pues yo no he sido!

—Chicos, chicos... Tranquilidad —pidió Willy, tratando de calmar a las dos mascotas—. Poco a poco voy recuperando mi visión. Lo más importante es que estoy bien. ¿Y vosotros?

Los demás contestaron que se encontraban estupendamente, eso sí, todos cegatos. Menos mal que unos minutos después sus ojos comenzaron a recuperarse y pudieron ver dónde se hallaban.

Lo más sorprendente de todo fue que la cueva había desaparecido. Ya no estaban rodeados por las montañas de oro ni por los maravillosos tesoros que en ella se guardaban. También habían desaparecido Garfio, la bruja, los cuarenta ladrones... Y, por supuesto, no había ni rastro de Campanilla, Pinocho ni los demás personajes de cuento que habían acudido en su ayuda para frenar los aires de grandeza del Capitán Garfio. Sin duda, esto fue lo que más les apenó de todo.

Habían ido a parar a una habitación que reconocieron al instante. Tenía las paredes cubiertas con un montón de estanterías vacías. En el centro de la estancia había una mesa y un solitario candelabro. Pero lo que más destacaba era la suciedad que se acumulaba en aquel espacio. Tanto las estanterías como el suelo estaban impregnadas de restos de cristales y de una sustancia pegajosa que, con toda probabilidad, era la responsable del desagradable olor que los rodeaba.

—Hemos vuelto a la casa del lago —dijo Vegetta. Había un cierto tono de tristeza en su voz.

—**¡Si que liasteis una buena!** —exclamó Merlín a sus espaldas. Ni se habían dado cuenta de que había regresado con ellos.

Vakypandy y Trotuman se sonrojaron al mirarlo. No podían hacer otra cosa que darle toda la razón.

—Si podemos hacer algo para ayudarte a recoger todo esto... —se ofreció Willy.

—Podría daros una fregona y un cubo para que empezaseis a limpiar, pero tampoco sería del todo justo con vosotros —reconoció Merlín—. Después de todo, habéis sido de gran ayuda para devolver la normalidad al Reino de los Cuentos. Además, un simple hechizo me bastará para hacer retornar todo a su estado original.

Sin más, Merlín chasqueó los dedos y los pequeños cristalitos que había por el suelo se recompusieron y los fluidos de colores regresaron al interior de las esferas. Finalmente, estas se recolocaron en sus correspondientes estanterías, como si allí nunca hubiese pasado nada.

—*¡GUAU!* —exclamó Vakypandy—.

¡Tienes que enseñarme ese hechizo!

—Es muy sencillo —aseguró Merlín—. Se estudia en el primer curso de la Academia de la Magia y de las Artes.

—Me encantaría poder estudiar allí.

—Oh, si alguna vez estás decidida, dímelo y te ayudaré a entrar —le prometió Merlín—. Ya sabes dónde vivo.

—**¡Gracias!**

Vegetta se acercó lentamente a las estanterías que había a su izquierda y se quedó contemplando las esferas. El gas multicolor, o lo que fuese que había en su interior, ejercía un efecto hipnótico sobre cualquiera que lo mirase.

—Imagino que habrá sido toda una experiencia para ti, ¿verdad? —preguntó Willy, colocándose al lado de su amigo.

—No lo sabes tú bien.

—Si para mí ha sido algo increíble, para alguien que ha disfrutado tanto de los cuentos como tú, tiene que haber sido maravilloso —reflexionó Willy—. Supongo que es como haber visto un montón de películas de dibujos animados y tener la posibilidad de conocer a todos esos personajes en carne y hueso.

—Sí, creo que es una buena forma de explicarlo —Vegetta suspiró—. Me hubiese gustado despedirme de ellos.

Merlín, que acababa de escuchar la conversación entre ambos amigos, se acercó.

—Te comprendo perfectamente. Sin embargo, me temo que no va a ser posible.

—**¿Por qué?** —preguntó Vegetta—. ¿No hay algún hechizo que permita viajar unos instantes al Reino de los

Cuentos? Seguro que algo así se estudia en el cuarto o quinto curso de la Academia de la Magia y de las Artes.

El mago no pudo evitar reírse de aquel comentario.

—A decir verdad, en tercero se estudian hechizos de transporte —reconoció Merlín—, pero no deben utilizarse para realizar este viaje.

—**¿Por qué?** Si mal no recuerdo, tú viajaste al Reino de los Cuentos.

El rostro de Merlín se tensó, como si hubiese recibido una puñalada.

—No estoy orgulloso de haberlo hecho —confesó el mago—. Me vi obligado porque el Capitán Garfio estaba a punto de descubrir el secreto del reino y eso habría sido catastrófico. Tenía que hacer algo para impedirlo.

—Ya veo.

—Pero ahora ya hemos devuelto el equilibrio y las fronteras y los personajes han recuperado sus roles habituales. Eso significa...

—**¿Que no recuerdan nada de lo anterior?** —completó Vegetta.

—Exactamente —asintió Merlín—. Los personajes volverán a vivir sus cuentos como si nada de lo ocurrido anteriormente hubiese tenido lugar.

Vegetta pensó que aquello era triste, pero tal vez fuese mejor así. Al fin y al cabo, los niños de todo el mundo podrían seguir disfrutando de los cuentos igual que él había hecho en su niñez. Entonces, una pregunta le vino a la mente.

—¿Y el Capitán Garfio? Si estuvo a punto de descubrir el secreto del Reino de los Cuentos, ¿qué le impide intentarlo de nuevo? De hecho, estoy seguro de que volverá a sospechar.

—Así es. Veo que no se te escapa una —reconoció Merlín—. Aún tendría que pasar bastante tiempo para que Garfio sospechase algo de nuevo. Sin embargo, me he adelantado y he solucionado el problema.

—¿Cómo lo has hecho?

Merlín se acercó a la estantería y se agachó. De una de las baldas tomó una esfera de un bonito color azul añil y la llevó a la mesa. Una vez allí, colocó sus manos sobre la bola e hizo que aumentase su tamaño considerablemente. Después invitó a los amigos a que se acercasen a mirar en su interior.

Resultaba curioso el efecto lupa que hacía el cristal. Cuanto más se aproximaba uno a la esfera, más grande se volvía lo que había dentro. Trotuman estaba pegado al cristal, así que veía todo como si lo viviese en primera fila.

El misterioso gas se había disipado para mostrar un paisaje idílico. Una preciosa isla con largas playas de arena blanca fue apareciendo ante sus ojos. Las aguas cristalinas chispeaban al recibir los rayos del sol en aquel día luminoso y totalmente despejado. A lo lejos, un hermoso barco se mecía sobre las olas. Un poco más cerca, junto a un cocotero, descansaba tranquilamente la figura del Capitán Garfio. Se le veía feliz, tumbado a la sombra, en bañador y bebiendo el agua fresca de un coco.

—¿**Es el Capitán Garfio?** —preguntó Vakypandy—.
¿El de verdad?

—El mismo que viste y calza —confirmó Merlín.

—¿**No tendría que estar en el cuento de Peter Pan?** —comentó extrañado Vegetta.

—El Capitán Garfio lleva muchos años trabajando y creo que se merece una buena jubilación.

—¿No hay personajes aún más veteranos que él?

—Oh, sí, claro que los hay —reconoció el mago—. Pero estaréis conmigo en que es mucho más dura la vida de alguien que sufre mil derrotas que la de los tres cerditos, por poner un ejemplo.

—No sé si yo estoy de acuerdo con esa afirmación —añadió Trotuman—. No me haría ninguna gracia pasarme la eternidad haciendo casitas para que luego llegue el lobo y las eche abajo de un soplido.

—Bueno, podrías hacer la de ladrillo y...

Trotuman decidió interrumpir a Vakypandy.

—**¡Alto ahí! ¡Alto ahí!** ¿De verdad piensas que yo la haría de ladrillo?

¡Parece mentira que no me conozcas aún!

Willy trató de calmar a las dos mascotas y optó por formular una nueva pregunta, pues le picaba la curiosidad.

—¿Y qué pasará con los niños que lean el cuento de Peter Pan a partir de ahora? Sin el Capitán Garfio, tengo la impresión de que ese cuento ya no será lo mismo.

—Nadie ha dicho que no vaya a haber ningún Capitán Garfio —dijo Merlín—. Su puesto ha sido cubierto por un nuevo Capitán Garfio, tan fiero y temible como el anterior.

—Pues a mí me parece increíble —protestó Trotuman—. Después de todas las cosas horribles que ha hecho este hombre, y de las que ha estado a punto de hacer, ahora está cómodamente tumbado en la playa y disfrutando.
¡Quién pudiera!

—Trotuman, sabes bien que nosotros siempre hemos sido partidarios de perdonar y de dar segundas oportunidades —le reprendió Willy.

—Sí, pero de ahí a irse de rositas...

Merlín carraspeó.

—Disculpa, ¿quién ha hablado de irse de rositas?

El mago le guiñó un ojo y un simple chasquido de sus dedos bastó para que apareciera algo de compañía en la solitaria playa. Un gigantesco cocodrilo se movió lentamente en dirección al cocotero. A Garfio estuvo a punto de parársele el corazón al verlo venir. Lanzó el coco por los aires y salió corriendo de aquel lugar tan rápido como pudo.

—Sí, creo que el cocodrilo también necesitaba jubilarse —reconoció Merlín.

Todos se rieron con la escena mientras el mago tomaba en sus manos la esfera de cristal para devolverla a su lugar en la estantería. Después, los invitó a seguirle y salir de la habitación. Una vez estuvieron fuera, cerró con llave. No quería volver a tener un accidente nunca más.

Los amigos descendieron por las escaleras. Al llegar a la planta baja, vieron que la tormenta había amainado y que la luz del sol se colaba por las ventanas de la casa.

—¿Habéis visto qué buen día hace para acampar? —preguntó Willy.

—Sí. Es una lástima que nuestras tiendas saliesen volando por ahí —murmuró Trotuman—. Me habría gustado ajustar cuentas con ese pez.

¡Se iba a enterar!

—¿Os referís a estas tiendas?

Merlín señaló uno de los rincones del recibidor de la casa. Allí estaban sus mochilas y sus tiendas de campaña, perfectamente empaquetadas, como si nunca hubiesen salido de ahí.

—Pero... **¿cómo es posible?** —preguntó Vakypandy—.

¡Eso sí que es magia avanzada!

—¡En absoluto, amiga mía! —rio Merlín—. También es de primer curso. Un hechizo muy útil para recuperar objetos perdidos.

¡Indispensable para los despistados!

—En ese caso, creo que no podemos desperdiciar la oportunidad —dijo Vegetta—. Aún nos quedan unos cuantos días de vacaciones.

—¡Eso! —exclamó Trotuman, echándose una mochila al hombro y disponiéndose a abandonar la casa.

—¡Ejem! Trotuman... —llamó Merlín—.
¿No se te olvida darme algo?

—¿Quién? ¿Yo?

Merlín miró a un lado y a otro.

—Sí, tú. No veo otro Trotuman por aquí —aseguró. Tras aguardar unos segundos, añadió—: El anillo, por favor.

—¡Cómo es posible! —protestó, mostrando a la vista de todos el anillo que contenía al genio—. Seguro que es otro de los truquitos esos.
¡Me tiene frito esa Academia de la Magia y de las Artes!

—Te puedo asegurar que no he necesitado practicar ningún hechizo en este caso —replicó Merlín—. Soy viejo, pero no ciego...

Willy y Vegetta se despidieron del mago entre risas, esperando encontrarse de nuevo en el futuro. Ellos se tomarían un merecido descanso acampando junto al lago y disfrutando de unos días de pesca, que era, al fin y al cabo, para lo que habían ido hasta allí. Necesitaban reponer fuerzas porque pronto, muy pronto, estarían viviendo nuevas y agotadoras aventuras.

LOS MEJORES
CUENTOS
DE SIEMPRE

LA BELLA DURMIENTE

Hace ya muchos años, un rey y una reina vivían en un castillo con toda su corte. Eran felices, aunque su mayor ilusión no se había cumplido: tener un hijo. Un buen día, mientras la reina daba un paseo junto al lago, una rana que cantaba sobre unos nenúfares le dijo:

—Tu sueño se va a hacer realidad. En menos de un año tendrás una hija.

Y así fue. Pasó el tiempo y los reyes tuvieron una hija a la que llamaron Preciosa Rosa. El rey estaba tan contento que decidió organizar una fiesta para celebrarlo. Además de a familiares, amigos y conocidos, invitó a un grupo de hadas para que le trajesen felicidad y buena suerte a su hija. Como había un total de trece hadas en el reino y solo disponía de doce platos de oro, se vio obligado a dejar fuera de la celebración a una de ellas.

La fiesta fue maravillosa y los comensales disfrutaron de buena música y un delicioso banquete. Antes de que se terminase, las hadas entregaron unos obsequios a la pequeña princesa. La primera le regaló virtud, la segunda la agasajó con belleza, la tercera con riquezas… Así, una a una, todas dieron a Preciosa Rosa los presentes que toda persona habría podido desear.

Cuando llegó el turno de la decimoprimera, las puertas del castillo se abrieron y apareció el hada que no había sido invitada. Estaba muy enfadada y, por eso, su regalo fue muy diferente al de las demás.

—¡Cuando cumpla quince años, la hija del rey se pinchará con el huso de una rueca y morirá! —dijo.

Todos los invitados se quedaron asombrados al oír aquellas palabras. Aún quedaba una de las hadas por ofrecer su regalo. No podía deshacer la maldición, pero sí podía suavizarla.

—No morirá. Quedará profundamente dormida durante cien años.

El rey no estaba dispuesto a dejar que aquello sucediese. De inmediato dio la orden de buscar y destruir todas la máquinas de hilar y las ruecas del reino.

Mientras tanto, el tiempo pasó y Preciosa Rosa creció. Los regalos que le hicieron las hadas se fueron cumpliendo y la princesa se convirtió en una niña hermosa, inteligente y apreciada por todo el mundo.

La desgracia ocurrió el mismo día en el que cumplió los quince años. El rey y la reina habían salido a dar un paseo por los jardines y a Preciosa Rosa se le ocurrió investigar los lugares escondidos del castillo. Fue así como encontró una pequeña habitación cerrada. Como la llave estaba puesta, decidió entrar. Allí encontró a una anciana sentada frente a una rueca.

—Buenos días, señora —saludó con educación la princesa—. ¿Qué está haciendo?

—Estoy hilando —fue su respuesta.

Ella se acercó y decidió probar. Al coger el huso, se pinchó en uno de sus dedos. Al instante, sintió mucho sueño y se recostó sobre una pequeña cama que había en la habitación. Allí se quedó profundamente dormida.

La maldición se propagó por el castillo y todas las personas que allí trabajaban se fueron quedando dormidas. También el rey y la reina, que acababan de entrar en la sala del trono, cayeron en un profundo

sueño. Y los animales: los perros, los caballos y hasta las moscas. El fuego que ardía en la chimenea dejó de emitir calor y el asado que había en el horno quedó a medio hacer. La vida del castillo se paralizó.

Al mismo tiempo, creció una inmensa red de enredaderas y espinos alrededor del castillo, cubriéndolo completamente. Puertas, ventanas, paredes y hasta la bandera que ondeaba en la punta más alta quedaron cubiertas por ese espeso manto de maleza.

Como era de esperar, la noticia de lo que le había sucedido a Preciosa Rosa corrió por todo el reino. Fueron muchos los que intentaron acudir al rescate de la princesa, pero nadie pudo atravesar la endiablada vegetación. Al cabo de cien años, llegó un joven príncipe de paso por el territorio. Cuando le contaron la historia de Preciosa Rosa, decidió que iría hasta el castillo. Los lugareños le advirtieron de que podía enfrentarse a una muerte terrible, pero él contestó que no tenía miedo a nada.

Al haber transcurrido ya el tiempo del hechizo del hada, los espinos despertaron y comenzaron a florecer en hermosas rosas y el príncipe pudo abrirse paso entre aquellas ramas y entrar en el castillo. Allí vio a los animales que yacían dormidos. También dormían

los reyes, recostados en sus tronos, y el cocinero sobre la encimera de la cocina. Poco después, el príncipe dio con la habitación en la que dormía plácidamente Preciosa Rosa. Era tan hermosa que no podía apartar la mirada de ella y, sintiendo un impulso de su corazón, la besó.

Los ojos de la princesa se abrieron y miró a su salvador con dulzura. Este la ayudó a levantarse y, juntos, salieron de aquel cuarto. A medida que recorrían el castillo los efectos de la maldición se desvanecían, y habitantes y animales despertaban. El fuego de la chimenea volvió a calentar y en el horno siguió cocinándose el asado.

Unos días más tarde se celebró la boda entre el príncipe y Preciosa Rosa. Y así vivieron muchos años felices.

EL FLAUTISTA DE HAMELIN

Había una vez, junto a la orilla de un río al norte de Alemania, una ciudad llamada Hamelin. Era un lugar agradable, con casas de piedra cuyos habitantes vivían felices. Tenían fama de ser honestos y trabajadores, y el comercio terminó haciendo de Hamelin una ciudad próspera.

Un día, algo insólito ocurrió: la ciudad se llenó de ratas.

No es que allí nunca hubiese habido ratas, pues en todas las ciudades las hay. Además, los gatos solían mantenerlas a raya. Pero aquello llegó a ser una auténtica invasión.

Eran tantas, que allá por donde uno mirase se encontraba cientos de ellas. Primero atacaron los

graneros y los almacenes de alimentos. Pronto la comida escaseó y fueron en busca de cualquier cosa comestible: plantas, madera, ropa… Lo único que no devoraban era el metal.

La gente estaba preocupada y no tardaron en reunirse con el alcalde para buscar una solución al problema.

—Necesitaríamos más gatos —propuso uno.

Sin embargo, eran tantas ratas que ni un ejército de gatos podría con ellas.

—¿Y si les damos comida envenenada? —propuso otro.

La idea era buena, pero apenas tenían ya comida para alimentar a sus hijos.

—Entonces, ¿qué hacemos? ¿Quién podría ayudarnos?

La casualidad quiso que por allí pasara un hombre alto y delgado, vestido con ropas extravagantes de vivos colores. Una pluma decoraba su sombrero y también llevaba una flauta dorada.

—He librado a otras ciudades de murciélagos y de mosquitos —aseguró—. Por mil florines, podría librar a esta ciudad de las ratas.

La gente estaba tan desesperada que aceptó sin pensárselo un segundo. ¡Habrían pagado cincuenta veces esa suma si lo hubiese pedido!

—En ese caso, garantizo que mañana al amanecer no quedará una sola rata en Hamelin.

Y así sucedió. Poco antes del amanecer, se escuchó el agradable sonido de una flauta. El flautista iba recorriendo las calles de la ciudad y las ratas abandonaban sus escondrijos para seguir sus pasos. Cuando estuvieron todas reunidas, el hombre se dirigió con aquel cortejo hacia el río. Las ratas fueron tras él, hipnotizadas por aquella música, y terminaron arrastradas por la corriente.

Cumplida su promesa, el flautista regresó a la ciudad para recibir su recompensa. Sin embargo, el alcalde se negó a pagarle.

—Las ratas ya han muerto, así que no volverán —dijo—. Te damos cincuenta florines por las molestias.

El flautista se marchó de allí indignado.

—Os arrepentiréis de no haber respetado vuestra palabra.

Pero aquella amenaza apenas inquietó a la gente. Se fueron a la cama y durmieron muy tranquilos sabiendo que las ratas habían desaparecido de la ciudad. Su sueño fue tan profundo que no oyeron el sonido de la flauta que volvió a llenar el alba. Solo llegó a oídos de los niños, quienes, al igual que las ratas, siguieron los pasos del flautista.

Los pequeños recorrieron un largo camino y atravesaron bosques y praderas hasta llegar a una alta montaña. Allí, entre unos riscos, se escondía la entrada a una cueva. El flautista guio a los niños y, uno a uno, fueron penetrando hasta verse envueltos por la oscuridad. Los padres nunca volvieron a verlos. Este fue el precio que pagaron por su falta de honestidad.

LA SIRENITA

Cuenta la leyenda que el fondo del océano es algo más que un suave manto de arena blanca y rocas. En las profundidades también crecen algas y viven toda clase de peces, que nadan alegres y ajenos a todo cuanto ocurre en la superficie. Y en la zona de mayor profundidad está el palacio del rey del mar, con torres altas y delgadas como agujas. Sus paredes son de coral y los tejados de concha. Las puertas y ventanas se abren y cierran al compás de la corriente.

El rey tenía seis hermosas hijas, las princesas del mar. Todas ellas eran bellas, pero la más hermosa de todas era la menor. Tenía la piel clara y los ojos azules; no tenía pies, pues su cuerpo terminaba en una brillante cola de pez.

Las princesas se pasaban el tiempo jugando en el palacio y los alrededores. Perseguían a los peces y les

daban de comer de su mano. Cada una tenía asignada una parte del jardín donde podía plantar lo que más le gustase. Todas lo hacían, menos la hermana pequeña. Ella prefería escuchar las historias que les contaba su abuela sobre los hombres de la superficie, las ciudades en las que vivían y sus barcos. Lo que más le llamaba la atención era que las flores tuvieran olor y que los pájaros volaran.

—Cuando cumpláis quince años, podréis subir a la superficie y sentaros sobre las rocas a contemplar una puesta de sol —les dijo la abuela a sus nietas.

Al cumplir quince años, la mayor subió a la superficie y les prometió a sus hermanas que les contaría con todo detalle su experiencia. Como se llevaban un año entre ellas, a la más pequeña aún le quedaban cinco para poder subir. No tuvo más remedio que esperar ese tiempo con ansiedad, escuchando las historias de sus hermanas cada vez que viajaban allá arriba. Ella se consolaba, sabiendo que en el futuro también podría disfrutar del sol, la luna y las estrellas.

Finalmente llegó el gran día y la pequeña de las princesas cumplió quince años. Cuando alcanzó la superficie, el sol estaba ocultándose en el horizonte. Las nubes que había en el cielo tenían un precioso color rosado y el mar estaba en calma. No muy lejos

de allí divisó un barco de tres palos con una única vela desplegada. La princesa oyó música y se quedó fascinada, pues ella tenía una voz dulce y bonita y le gustaba cantar.

Decidió acercarse un poco al barco. Cuando las olas se levantaban, le permitían asomarse a las ventanas de los camarotes. Fue así como vio al príncipe. Era muy guapo, con ojos negros y cabello castaño ondulado. Lo vio disfrutar de la fiesta, cantando y bailando bajo unos preciosos fuegos artificiales. La princesa permaneció todo el tiempo sin apartar los ojos de él. ¡Qué guapo era!

Poco a poco el viento empezó a soplar con más intensidad y el oleaje golpeó con más fuerza. El barco comenzó a balancearse en el mar mientras el cielo se cubría de nubes cada vez más oscuras. Amenazaba tormenta y crecía el nerviosismo de los marineros. Entonces, un golpe de viento hizo que uno de los mástiles se partiese por la mitad. La princesa comprendió que estaban en apuros. Ella misma tuvo que permanecer alerta para no ser golpeada por los muchos objetos que caían desde la cubierta de la nave.

Intentaba localizar al príncipe, cuando el fuerte oleaje hizo zozobrar el barco y lo ladeó demasiado

hasta hundirlo. En un principio, la princesa se alegró, pues de esa manera el joven estaría en su reino, pero pronto recordó que los humanos no podían respirar bajo el agua. Nadó desesperada, buscándole entre los restos de la embarcación. A pesar de que era una excelente nadadora, las olas no se lo ponían nada fácil. Entonces, gracias al reflejo de un relámpago, lo vio y pudo acercarse. El príncipe estaba al límite de sus fuerzas, a punto de desfallecer. Habría sucumbido de no haber sido por la sirenita.

Amanecía cuando llegaron a la orilla de una pequeña bahía. Ella lo depositó en la arena de la playa y se despidió de él con un beso en la frente. Al ver que se acercaban unas muchachas, optó por esconderse tras unas rocas y contemplar la escena de lejos, sintiéndose muy triste, pues, cuando el príncipe se recuperó, no supo quién le había rescatado. Con esa pena regresó al palacio del fondo del mar.

Aunque sus hermanas le preguntaron cómo había sido su primera experiencia en la superficie, ella prefirió no contarles nada. A partir de aquel día se volvió aún más callada y reservada.

Pasaron la primavera y el invierno y, a pesar de que la sirenita regresó en numerosas ocasiones a la playa donde dejara al príncipe, no volvió a verlo.

En el palacio, abandonó el cuidado de su porción de jardín, pues prefería pasar las horas pensando en su enamorado. Su situación era de tal angustia, que un día no aguantó más y se lo contó a sus hermanas. Gracias a una amiga, una de ellas sabía quién era él y dónde residía. Entonces, las hermanas decidieron acompañar a la pequeña sirenita a la superficie, exactamente al punto donde se levantaba el palacio del príncipe.

Era un edificio precioso, de altas paredes de piedra amarillenta y escaleras de mármol que llegaban prácticamente hasta la orilla. Ella quedó entusiasmada con la posibilidad de poder ver al joven y decidió acercarse allí a diario. En ocasiones lo veía pasear por la orilla y en otras remar en su pequeña barca. Se sentía tan fascinada por él y por el mundo de la superficie que, en más de una ocasión, deseó ser humana. No le importaba que sus vidas fuesen más cortas que los trescientos años que su especie podía llegar a vivir. Su abuela le había explicado que las sirenas, al final de su existencia, se transformaban en espuma y se mezclaban con las olas del mar.

—Cambiaría gustosamente cien años de mi vida por poder disfrutar de un solo día como humana —dijo la sirenita en una ocasión a su abuela.

—¡No digas eso! —la reprendió la anciana.

Pero la sirenita deseaba tener piernas y poder estar así junto a aquel que ocupaba sus pensamientos todo el día. Ese deseo le hizo perder el miedo de visitar a la bruja marina en busca de consejo. Por eso, con decisión, nadó hasta allí.

Era un lugar lúgubre, escondido entre unos arrecifes donde no crecían algas ni corales. Las especies que allí vivían eran extraños híbridos entre animales y vegetales, cuyas ramas eran largos tentáculos terminados en unas ventosas viscosas que intentaban atrapar a todo el que se acercase al lugar.

La sirenita estaba aterrada, pero al pensar en el príncipe y en que la bruja marina tal vez pudiese ayudarla, se armó de valor. Poco después llegaba a la pequeña casa donde esta vivía, levantada a base de restos de barcos naufragados.

—Sé a qué has venido —dijo la bruja nada más verla—. Pienso que cometes una estupidez, pero, si lo deseas, podría ayudarte. Puedo preparar un brebaje y cambiar esa cola de pez por dos piernas para que puedas caminar como los humanos. Pero será doloroso. Serás una chica hermosa y podrás moverte y bailar con gracia. Sin embargo, sentirás permanentemente un terrible dolor en tus pies, como

si se te clavasen agujas a cada paso que des. ¿Estás dispuesta a pasar por eso?

La sirenita asintió.

—Una vez seas humana, no podrás volver a ser sirena. Si no consigues conquistar el corazón del príncipe y este se casa con otra mujer, ese día tu corazón se partirá y tu cuerpo se transformará en espuma de mar perdiéndose para siempre.

—¡Acepto!

—Muy bien. En ese caso, tienes que pagarme. Tengo entendido que tienes una bella voz. Me darás tu voz a cambio de ese brebaje.

—Pero, si me quitas la voz, ¿cómo podré conquistar al príncipe?

—Podrás hacerlo gracias a tu belleza y a tu forma de moverte.

—En ese caso, adelante.

Y así se hizo. La bruja preparó la poción a cambio de la voz de la sirenita y, después, tal y como la hechicera le había indicado, se dirigió a la superficie para beber el brebaje. Al instante sintió un inmenso dolor que le atravesaba el cuerpo y se desmayó. Cuando se despertó, aún tenía dolores, pero el príncipe estaba a su lado.

—¿Quién eres? —le preguntó él—. ¿Cómo has llegado hasta aquí?

Al no poder hablar, la sirenita simplemente sonrió. El príncipe decidió llevarla al palacio. Tal como había predicho la bruja, sentía un inmenso dolor a cada paso que daba.

En el palacio le entregaron un precioso vestido para la cena de gala que se celebraba esa noche. Estaba tan bella que la gente se daba la vuelta al verla pasar. Ya en la cena, hubo música y baile. Algunas mujeres cantaron y el príncipe les dirigió unas sonrisas. La sirenita se sintió muy triste porque sabía que con su voz ella lo habría hecho mucho mejor. Pero ya no podía hablar ni cantar.

Sin embargo, sí hizo un tremendo esfuerzo para bailar, a pesar del dolor que sentía en los pies, y el príncipe quedó maravillado. Desde aquel día, le proporcionó una habitación mejor, salía a pasear a caballo con ella y se les veía felices. Pero la sirenita empezó a ponerse nerviosa. Necesitaba casarse con él antes de que lo hiciera otra mujer. De lo contrario, su cuerpo se transformaría en espuma de mar. Por eso le miraba con unos ojos que decían: «¿No me amas más que a todas las demás?».

—Te amo porque tienes un corazón enorme —le dijo el príncipe—. Te pareces a una muchacha que vi hace tiempo, pero a quien jamás volveré a ver. Fue el día en que naufragó el barco en el que iba, y ella me salvó la vida. La vi dos veces y sería la única persona en este mundo a quien podría amar.

La sirenita se sintió muy desdichada, pues el príncipe no podía saber que ella misma había sido su salvadora.

Un buen día, vino al palacio la hija del rey de un país vecino, y el príncipe se enamoró de ella. Estaba convencido de que aquella princesa había sido quien, tiempo atrás, le había salvado del terrible naufragio. De modo que tomó la decisión de casarse con ella. Aquello entristeció profundamente a la sirenita. Había fracasado, y ahora sabía que el día de la boda su cuerpo se transformaría en espuma de mar para siempre.

La víspera del enlace la sirenita se encontraba en la orilla, pensando en el destino que la aguardaba, cuando aparecieron sus hermanas. Se habían enterado de su trato con la bruja marina y le habían pedido una solución para evitar su muerte aquel día. La bruja les había entregado un cuchillo diciéndoles que, si la sirenita mataba al príncipe antes de la

celebración, recuperaría su cola de pez y viviría trescientos años como sirena.

Pero la sirenita fue incapaz de hacer daño a aquel a quien tanto había amado y, con los primeros rayos de sol de aquel día, su cuerpo se convirtió en espuma de mar. Y cuando se fundía con las olas, sintió cómo se elevaba por encima de estas.

—¿Qué me está pasando? ¿Adónde voy?

—A reunirte con las hijas del aire —contestó una voz—. Hemos visto la bondad de tu corazón y todo cuanto te has esforzado por agradar al príncipe. Por eso mismo, hemos decidido acogerte con nosotras.

La sirenita sintió la fuerza del viento en su interior y sobrevoló praderas, palacios y montañas, y vio cosas con las que una sirena jamás podía haber soñado.

CAPERUCITA ROJA

Había una vez una niña muy guapa. Su madre le había hecho una capa roja y, como siempre la llevaba cuando salía de casa, todo el mundo la conocía como Caperucita Roja.

Un día su madre le pidió que le llevase unos pasteles a su abuela, que vivía al otro lado del bosque. Le recordó que no debía entretenerse demasiado en el camino, pues aquel podía ser un lugar peligroso, ya que el lobo siempre estaba al acecho.

Caperucita tomó la cesta y se puso en marcha. A pesar de saber que aquella fiera andaba por los alrededores, ella no tenía miedo, pues también había por allí ardillas, pájaros, mariposas…

Había recorrido una parte del trayecto, cuando el lobo se cruzó en su camino.

—¿Adónde vas?

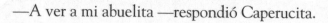

—A ver a mi abuelita —respondió Caperucita.

—No queda lejos —dijo el lobo y, dándose la vuelta, se alejó de allí.

Aliviada por la marcha del lobo, Caperucita decidió hacer un alto en el camino para recoger flores. Al fin y al cabo, el peligro había pasado y aquello alegraría mucho a su abuela.

Mientras tanto, el lobo se fue a casa de la abuela de Caperucita Roja y llamó a la puerta. La anciana abrió pensando que sería su nieta.

El lobo devoró a la abuela, se puso su gorro y se metió en la cama. No tuvo que esperar mucho a que llegase Caperucita, quien, al entrar en la casa, se extrañó al ver a su abuela tan cambiada.

—Abuelita, abuelita, ¡qué ojos más grandes tienes!

—Son para verte mejor —dijo el lobo, tratando de imitar la voz de la anciana.

—Abuelita, abuelita, ¡qué orejas más grandes tienes!

—Son para oírte mejor —contestó el animal.

—Abuelita, abuelita, ¡qué dientes más grandes tienes!

—Son… ¡para comerte mejor!

El lobo se abalanzó sobre la niña y la devoró, igual que había hecho con su abuela.

Un cazador que se encontraba por allí oyó los gritos y decidió acercarse a la casa para ver si todo estaba en orden. Halló la puerta abierta y al lobo durmiendo plácidamente en la cama. Tenía la tripa muy hinchada.

El hombre se acercó a él y le rajó el vientre con un cuchillo. Allí se encontraban Caperucita y su abuelita. ¡Estaban vivas!

Para dar un escarmiento al lobo, el cazador decidió llenarle la tripa con un montón de piedras y luego cerró la abertura. Cuando la fiera se despertó, sintió mucha sed y se acercó al río a beber. Como la tripa le pesaba tanto, al inclinarse se cayó al agua y se ahogó.

Después de todo, Caperucita y su abuelita no se habían llevado más que un buen susto. Eso sí, la niña aprendió la lección y ya no volvería a hablar nunca más con desconocidos.

Y colorín, colorado… Este cuento se ha acabado.

EL GATO CON BOTAS

Había una vez un molinero que dejó en herencia a sus tres hijos su molino, un asno y un gato. Como no había nada más, los hermanos decidieron hacer el reparto de la manera más simple: el mayor recibió el molino, el segundo el asno y el más pequeño el gato.

Este último se quedó bastante descontento con lo que le había tocado.

—Es injusto… —decía—. Si mis hermanos juntan sus bienes, podrán llevar una buena vida. En cambio a mí, después de comerme al gato y hacerme unas sandalias con su piel, no me quedará otra que morirme de hambre.

El gato, después de oír todo esto, le dijo:

—No te preocupes, joven amo. Si me das un bolso y dos buenas botas con las que poder recorrer

pedregales y lodazales, verás como no eres tan pobre conmigo.

El joven no creyó mucho en las palabras del animal. Por otra parte, sí recordaba haberle visto actuar con ingenio en algunas ocasiones para atrapar ratas y ratones. Así pues, accedió y le proporcionó lo que le pedía.

El gato se puso en marcha y se dirigió a un lugar donde había muchos conejos. Una vez allí, tiró de habilidad e ingenio. Colocó el bolso en el suelo y puso un poco de cereal y verduras en su interior. Se escondió entre unos matorrales y, al cabo de un rato, un conejo cayó en su trampa. Tiró de un cordón y cerró el bolso, atrapándolo.

Orgulloso con la presa que acababa de capturar, el gato se fue al palacio del rey y pidió audiencia. Una vez que estuvo ante el rey, lo saludó con una reverencia.

—Majestad, le traigo como obsequio este conejo de parte de mi noble señor, el marqués de Carabás —dijo el gato, refiriéndose así a su joven amo.

—Dile a tu señor que agradezco enormemente este detalle —contestó el rey.

Pasó un tiempo y el gato volvió al campo. Empleó su estrategia de colocar un poco de grano en la bolsa y, en esta ocasión, se hizo con un par de perdices. Al igual que hiciera la vez anterior, se las llevó al monarca, quien, agradecido, le dio una buena propina. Durante los siguientes meses, el gato siguió llevándole presas al soberano en nombre de su amo.

Un día en que el rey y su encantadora hija tenían previsto pasar por las proximidades de un río, el gato le comentó a su amo:

—Si sigues mi consejo, tu fortuna estará asegurada. Solo tienes que bañarte en la parte del río que yo te diga. El resto, déjalo de mi cuenta.

Aunque un tanto extrañado, el joven siguió las indicaciones del gato. Mientras se bañaba, el rey pasó por un lugar cercano y el gato gritó:

—¡Socorro! ¡Socorro! ¡El marqués de Carabás se está ahogando!

Al oír los gritos desde su carruaje, el rey se asomó a la ventana y vio al gato. Al darse cuenta de que era el mismo que le había traído tantas y tan preciadas presas, ordenó a sus guardias acudir de inmediato en rescate del marqués de Carabás. Mientras estos le ayudaban, el gato se acercó al rey y le dijo que unos

malvados ladrones habían robado las ropas de su amo mientras se bañaba. Aquello no era del todo cierto, pues había sido él mismo quien las había escondido bajo una enorme piedra.

El monarca ordenó que fuesen en busca de la mejor vestimenta que pudiesen encontrar. Al cabo de un rato, el marqués de Carabás se presentó ante el soberano y su hija elegantemente vestido. Y la princesa, al ver lo guapo y joven que era, se enamoró al instante de él. El rey lo invitó amablemente a acompañarlos en su recorrido.

El gato sonrió satisfecho, pero aún debía seguir adelante con su plan. Corrió con rapidez y se acercó a unos lugareños que estaban más adelante.

—Buena gente, si no decís a Su Majestad que las tierras que estáis trabajando son del marqués de Carabás… ¡os harán picadillo!

Pocos minutos después, el rey apareció por allí y les preguntó a quién pertenecían las tierras que estaban cultivando.

—¡Al marqués de Carabás! —respondieron ellos sin dudarlo.

Una vez más, el gato se adelantó al carruaje real e hizo lo mismo con unos segadores que encontró

más allá. Al igual que los anteriores lugareños, estos le confirmaron al rey que las tierras en las que se encontraban pertenecían a su señor, el marqués de Carabás.

El felino hizo lo mismo con todos cuantos se iba encontrando por el camino, y el monarca quedó asombrado por la extensión de los terrenos propiedad del marqués.

Finalmente, el gato llegó a un impresionante castillo del que era propietario un malvado ogro. El ingenioso animal se había informado previamente de lo rico que era aquel monstruo; en realidad, todas las tierras por las que el rey había ido pasando eran de su propiedad. Al llegar allí, pidió hablar con el ogro, con la excusa de que no podía pasar tan cerca de su castillo y no saludarle.

El ogro le invitó a sentarse.

—He oído —dijo el gato— que eres capaz de transformarte en cualquier criatura que desees, a tu voluntad. Incluso en un león o en un elefante.

—Por supuesto —contestó el ogro.

Para demostrárselo, el ogro se transformó en el león más fiero que uno pudiera imaginarse. El gato,

asustado, dio un brinco hasta el techo y solo bajó cuando aquella criatura recuperó su horrenda forma.

—¡Ha sido increíble! —aplaudió—. También he oído que puedes transformarte en las criaturas más pequeñas, como una rata o un ratón. Pero eso sí que me parece imposible.

—¿Imposible? De eso nada…

Al instante, el ogro se transformó en un pequeño e indefenso ratón, que comenzó a corretear por el salón. El gato, muy hábil, lo cazó y se lo tragó.

Mientras tanto, llegó el rey y, al ver el hermoso castillo, decidió visitarlo. El gato, al oír el ruido del carruaje, salió a recibirlos.

—Bienvenido al castillo de mi señor, el marqués de Carabás.

—¿Este castillo también le pertenece? —preguntó el rey—. Es una maravilla.

Impresionado por las posesiones del marqués de Carabás, el rey accedió a que su hija se casase con él. Y así fue como el gato cumplió con su promesa de conseguirle una buena fortuna a su joven amo.

LOS TRES CERDITOS

Había una vez tres cerditos que eran hermanos. A todos les encantaba la música y tocaban un instrumento: uno la flauta, otro el violín y otro el piano. Un buen día decidieron que cada uno debía tener su propia casa y se pusieron manos a la obra.

El pequeño de ellos decidió hacerla de paja. La paja pesaba poco, se trasladaba bien y en un solo día levantó su hogar. De esta forma, pudo dedicar el resto de su tiempo libre a tocar la flauta, que era lo que más le gustaba.

El hermano mediano decidió construir su casa con madera.

—Puedo encontrar madera en cualquier parte y será una morada confortable. Como es fácil y rápida de construir, en cuanto termine, me iré a jugar con mi hermano.

Por su parte, el hermano mayor, el más trabajador de todos, decidió construir su casa con ladrillos.

—Aunque sea más laborioso, esta casa será muy resistente y me mantendrá a salvo del lobo. En ella podré instalar mi piano y pondré una chimenea con la que calentarme y hacer buenas sopas.

Cuando las tres casas estuvieron terminadas, los tres cerditos disfrutaron de su tiempo libre con juegos y buena música. Uno de esos días, cuando andaban correteando por el bosque, el lobo se cruzó en su camino.

—Parece que estoy de suerte —dijo—. Hoy tendré una deliciosa comida.

Al oírle, los tres cerditos corrieron a refugiarse a sus respectivas casas.

Cuando el lobo llegó a la primera de ellas, la de paja, gritó desde fuera:

—Soplaré, soplaré y tu casa derribaré.

Se hinchó de aire y con un potente soplido hizo que toda la paja saliese volando. El cerdito huyó aterrorizado a la casa del hermano mediano. Como era de madera, sería más resistente que la suya, pensó.

Al cabo de un rato, oyeron al lobo gritar:

—Soplaré, soplaré y tu casa derribaré.

Una vez más, el lobo sopló con todas sus fuerzas. Los clavos se soltaron de los tablones y la casa se deshizo sin más. Al verlo, los dos cerditos huyeron tan rápido como pudieron y corrieron a refugiarse en la casa del hermano mayor.

El lobo estaba hambriento y más enfadado que nunca. Al llegar a la casa de ladrillo, gritó desde fuera:

—¡Soplaré, soplaré y tu casa derribaré!

El lobo comenzó a soplar, pero la casa aguantó en pie. Siguió intentándolo pero, a pesar de todos sus esfuerzos, la casa de ladrillos no se derribó. Desesperado, el animal se fijó en que en el tejado había una chimenea y decidió colarse por ahí.

El hermano mayor tenía el fuego encendido y, sobre este, un enorme caldero en el que estaba preparando una deliciosa sopa para la cena. Cuando el lobo se introdujo por el hueco de la chimenea, fue a parar al caldero hirviendo. Su grito se oyó en todo el bosque y salió corriendo en dirección al lago.

Los hermanos pequeños habían aprendido la lección y la próxima vez no serían tan perezosos. Los tres cerditos no volvieron a ver al lobo y, felices y contentos, tocaron sus instrumentos para celebrarlo.

FIN